김문형 新무협 판타지 소설

FANTASTIC ORIENTAL HEROES

실명무사 5

김문형 新무협 판타지 소설

초판 1쇄 찍은 날 § 2019년 7월 18일
초판 1쇄 펴낸 날 § 2019년 7월 25일

지은이 § 김문형
펴낸이 § 서경석

총괄팀장 § 노종아
편집책임 § 신나라

펴낸곳 § 도서출판 청어람
등록번호 § 제387-1999-000006호
등록일자 § 1999. 5. 31
어람번호 § 제2-2802호

주소 § 경기도 부천시 부일로 483번길 40 서경B/D 3F (우) 14640
전화 § 032-656-4452 팩스 § 032-656-4453
http://www.chungeoram.com
E-mail § chungeorambook@daum.net

© 김문형, 2019

ISBN 979-11-04-92029-5 04810
ISBN 979-11-04-91975-6 (세트)

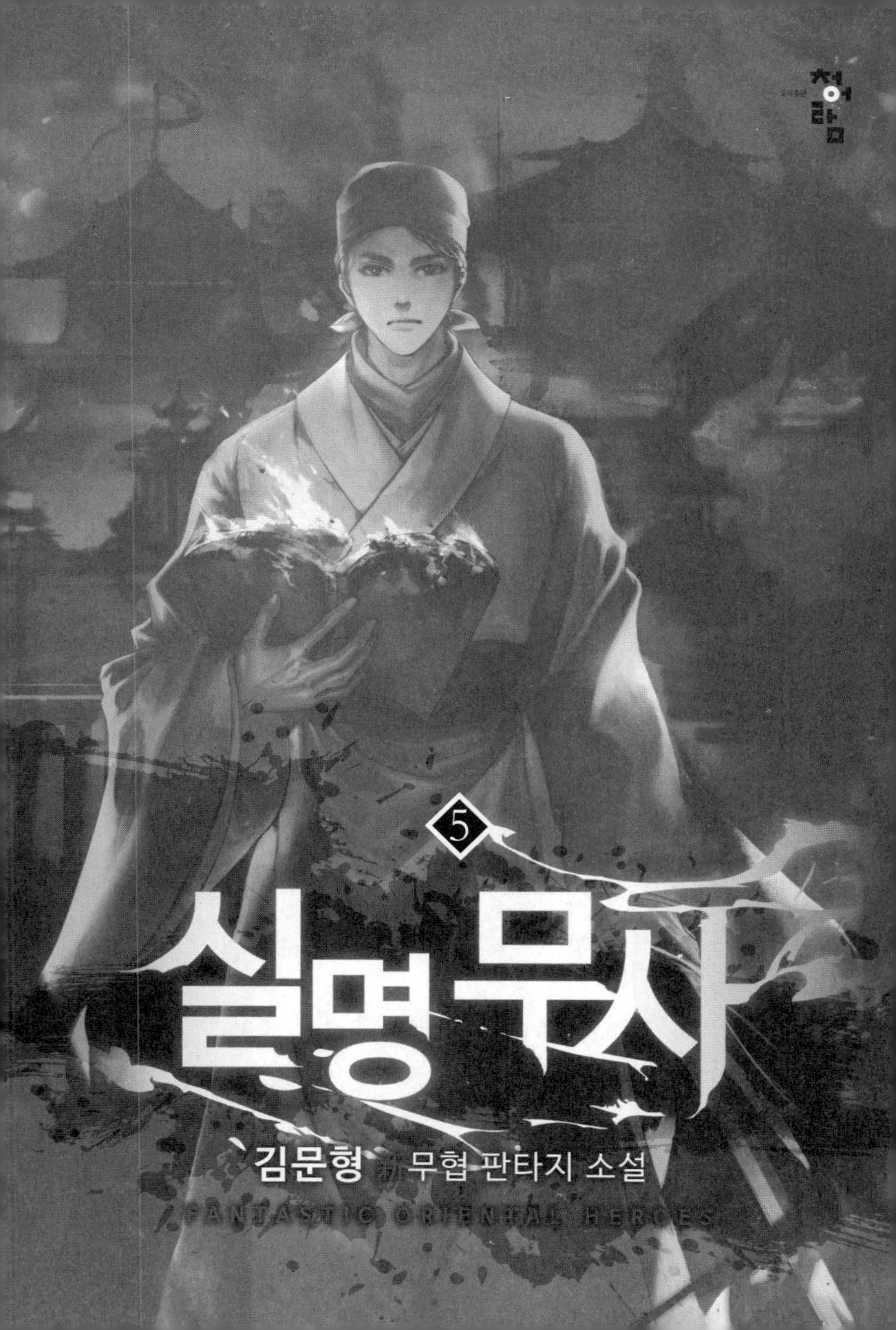
도서출판 청어람
5
실명무사
김문형 무협 판타지 소설
FANTASTIC ORIENTAL HEROES

1장.

미친 문사의 방

빙옥환으로 얼어붙어 있던 호수의 한가운데 떠 있는 전각.

안에 어떤 위험이 도사리고 있을지 알 수 없었다.

일행은 긴장된 얼굴로 발을 옮겼다.

그런데 전각에 들어간 일행은 깜짝 놀란 눈으로 주위를 바라봤다. 전각 내부에 불이 밝혀져 있어서 어둡지 않았던 것이다.

네 군데 벽면마다 각각 불이 하나씩 타오르고 있었다. 횃불이 아니라 작은 종지에 담긴 기름불이었다. 하지만 전각 안이 그다지 넓지 않았기 때문에, 작은 기름불만으로도 내부는 충분히 밝았다.

마지일이 피식 웃으며 말했다.

"안개 낀 바깥보다 오히려 이 안이 더 밝군."

진문이 벽면을 살피더니 말했다.

"벽에 구멍이 뚫린 곳에서 기름이 흐르고 있소."

기름은 구멍에서 흘러나온 뒤 벽에 파인 홈을 따라 종지로 방울방울 떨어졌다. 어떻게 만들었는지는 알 수 없으나, 기름이 끊이지 않는 이상 불이 꺼질 일은 없을 것 같았다.

정영이 무언가를 발견하고 말했다.

"여기 물이 흐르고 있소."

일행은 그녀가 가리킨 곳으로 고개를 돌렸다.

벽면에 뚫린 둥그런 홈에서 가느다란 물줄기가 흐르고 있었다. 물줄기는 아래에 놓인 동이로 떨어졌다. 이어서 동이에서 흘러넘친 물은 바닥에 파인 홈으로 빠져나갔다.

"식수로 쓰는 물 같소."

"호수의 얼음을 녹여서 물을 만들고 있군."

그때 제갈윤이 소리쳤다.

"여기를 봐! 벽곡단이다!"

그가 한쪽 벽면을 가리켰다. 그곳에는 벽곡단 무더기가 수북하게 쌓여 있었다.

벽곡단은 쌀과 곡식의 가루를 꿀 등으로 둥글게 뭉친 환단이다.

물과 함께 벽곡단 한두 개를 씹어 먹으면 하루 끼니를 보충할 수 있었다. 때문에 오랜 시간 중원을 여행해야 하는 강호인이나 표사들이 비상식량으로 애용했다.

무명 일행도 혁낭에 물주머니와 벽곡단이 있었다. 하지만 그들이 갖고 있는 분량은 사흘 치에 불과했다.

반면 눈앞의 벽곡단 무더기는 문파 몇 개를 먹일 정도로 엄청난 양이었다.

마지일이 삐이익, 휘파람을 불며 말했다.

"우리 모두 여기서 평생 먹고살아도 되겠는데?"

기름불이 십이 시진 불을 밝히고 물이 흐르고 있는 전각.

게다가 일행이 평생 먹어도 남을 벽곡단이 쌓여 있다.

그게 뜻하는 것은 하나였다.

"누군가 이 전각에서 살고 있군."

마지일이 말했다. 그러자 제갈윤이 반문했다.

"누가? 호수 바닥이 얼어붙어 있어서 망자는 발도 못 들였을 텐데?"

"그게 더 큰 문제요."

무명이 제갈윤의 말에 대답했다.

"이런 곳에 망자가 아닌 사람이 살고 있다면 과연 그자는 어떤 자일 것 같소?"

"⋯⋯!"

일행은 침을 꿀꺽 삼키며 긴장했다.

지하 깊은 곳에 있는, 게다가 망자조차 들어올 수 없는 외딴 전각.

그런데 어떤 자가 이 지옥 한가운데에서 살고 있다는 말인가?

진문이 침묵을 깨고 말했다.

"저기 계단이 있소."

계단은 전각의 구석진 곳에 있어서 일부러 찾지 않으면 잘 보이지 않았다.

제갈윤이 씨익 웃으며 말했다.

"이 웃긴 전각의 주인이 누구인지 상판을 봐야겠군."

그리고 무작정 앞장을 섰다. 빙옥환 호수에 발이 얼어붙는 사고를 쳤는데도 전혀 나아진 게 없는 모습이었다.

아니나 다를까, 제갈윤은 무언가에 발이 걸려서 넘어졌다.

"크악! 이게 뭐야?"

그가 고개를 돌려서 육안룡 빛줄기로 바닥을 비추었다.

바닥에 있는 것은 큼지막한 작두였다.

픽! 제갈윤이 아무 죄 없는 작두를 발로 차며 분풀이를 했다.

"웬 놈의 작두? 곡식을 썰어서 벽곡단이라도 만들려고 갖다 놨나?"

"그건 곡식을 써는 물건이 아니오."

무명이 제갈윤의 말을 반박했다.

"사람 목을 베는 데 쓰는 작두요."

"뭐라고?"

제갈윤이 깜짝 놀란 눈으로 다시 작두를 쳐다봤다.

작두는 칼날이 어른 손바닥만큼 넓었다. 또한 나무판에는 둥그런 모양으로 홈이 파여 있었다. 목을 갖다 대면 딱 맞을 크기의 홈이었다.

마지일이 광소를 터뜨렸다.

"그 속에 발을 넣지 않은 게 천만다행이군. 작두에 발목이 날아갔다가는 제갈세가의 명성이 땅에 떨어지지 않겠나? 하하하하!"

"……."

제갈윤은 분한 눈으로 마지일을 쳐다보다가 시선을 돌렸다.

일행은 무명을 선두로 해서 한 명씩 계단을 올라갔다.

삐걱, 삐걱, 삐걱……

발을 옮길 때마다 나무로 만든 계단이 기분 나쁜 비명을 질렀다.

무명이 전각 이 층에 발을 들였다.

그런데 이 층에 올라오는 순간 둔탁한 냄새가 코를 찔렀다.

'묵향(墨香)?'

그랬다. 이 층은 진한 먹물 냄새로 가득 차 있었다.

이 층은 일 층과는 달리 벽면에 기름불이 없어서 어두컴컴했다. 또한 크기가 작아서 건물이 아니라 꼭 객잔의 방에 들어온 것 같았다.

무명은 고개를 돌리며 육안룡의 빛줄기로 이 층을 살폈다.

순간 이 층이 작다고 느낀 이유를 알 수 있었다.

이 층의 네 군데 벽면마다 서책들이 한 치의 틈도 없이 빽빽하게 쌓여 있었던 것이다.

서책들은 아예 천장에 닿을 만큼 쌓여서 또 다른 벽을 만들고 있었다. 벽이 서책의 폭만큼 좁아졌으니, 한 칸의 방에 들어온 것처럼 여겨진 것도 당연했다.

그때였다.

무명은 방 한가운데에 누군가가 엎드려 있는 것을 발견했다.

'망자?'

그럴 리는 없었다. 호수는 방금까지 얼어붙어 있었으니 망자가 들어올 수 없었다. 자세히 보자, 그자는 흰옷을 걸치고 머리에는 윤건(輪巾)을 쓰고 있었다.

'문사(文士)?'

무명의 외모가 관직 없는 일개 서생이라면, 눈앞의 사람은 한때 관에 몸을 담은 듯한 차림새였다. 지략이 뛰어난 모사가 쓰는 윤건을 착용한 점도 그자가 문사라는 것을 말해주고 있었다.

그러나 그의 옷과 윤건은 낡을 대로 낡아서 금세 찢어질 것 같았다.

문사는 붓에 먹을 묻혀서 종잇장에 정신없이 글을 쓰는 중이었다. 방바닥에는 무슨 뜻인지 알아볼 수 없는 글귀가 적힌 종잇장과 낡아빠진 서책들이 어지럽게 나뒹굴었다. 이 층에 올라오자마자 묵향이 코를 찔렀던 것도 당연했다.

출셋길을 놓치고 낙향한 뒤 글에 미쳐 버린 문사.

눈앞의 사람을 정확히 설명하는 말이었다.

문사는 일행이 모두 이 층에 올라왔는데도 전혀 눈치를 못 채고 있었다.

제갈윤이 방을 둘러보며 말했다.

"뭐야? 문사 놈이 사는 방이잖아?"

그는 아직도 혼이 덜 났는지 무작정 문사에게 다가갔다. 그리고 판관필로 문사의 턱에 갖다 대며 물었다.

"네놈은 누구냐? 뭐 하고 있는 거냐?"

문사가 그제야 빙그르 고개를 돌렸다.

그는 입가에 팔자 주름이 나 있으며 귀밑머리가 희끗희끗하게 새어 있었다. 적어도 사십 대 중반, 또는 오십 대를 넘은 나이로 보였다.

문사가 입을 열었다.

"당신들은 누구요?"

목소리는 잔뜩 쉬고 거칠었다. 무명은 어쩌면 문사의 나이가 보기보다 훨씬 많을 수도 있겠다고 생각했다.

"누구 허락을 받고 이곳에 들어왔소?"

"허락? 나는 제갈세가의 자제다. 하찮은 문사 따위의 허락은 필요 없다."

제갈윤이 허세를 부리며 대꾸했다.

그런데 다음 문사의 말이 뜻밖이었다.

"황상의 허락 없인 이곳에 발을 들일 수 없다는 것을 모르시오?"

"황상이라고?"

제갈윤이 어깨를 으쓱하며 일행을 돌아봤다.

"이 문사, 제정신이 아니군. 여기가 황궁인 줄 아는 것 같은데?"

"황궁은 맞지. 지하에 있는 황궁이라서 문제지."

마지일이 앞으로 나서며 말했다.

"대답은 우리가 아니라 네가 한다. 말해라. 네놈은 누구냐?"

"나 말이오?"

"그럼 여기 너 말고 또 누가 있냐?"

마지일이 검 끝으로 문사의 가슴을 쿡 건드렸다.

문사가 천천히 몸을 일으켰다. 그러더니 좌우로 고개를 돌리며 말하는 것이었다.

"그게 무슨 소리요? 여기 학사들이 보이지 않소? 자네, 이 나리에게 대답 좀 해주시게."

일행은 어리둥절한 눈으로 문사를 쳐다봤다.

하지만 문사의 뒤에는 잔뜩 쌓인 서책 무더기 외에는 아무

것도 없었다.

"하하하, 농담도 잘하는군. 자네, 지금 공부하고 있는 글귀를 읽어보게. 친구가 멀리서 찾아왔으니 또한 기쁘지 아니한가. 잘 읽었네. 안 그래도 새 벗이 생겨서 무척 기쁜 참이었네."

문사가 읊은 것은 논어의 한 구절이었다.

문제는 구절을 읽으라고 명한 것도, 논어를 읽은 것도 모두 문사 자신이라는 점이었다. 그는 아무도 없는 곳을 보며 혼자서 말을 주고받았던 것이다.

마지일이 검지를 관자놀이에 대고 빙글빙글 돌렸다.

"돌아도 완전히 돌았군."

일행도 그 말에 동감이었다.

곧 찢어질 듯이 보이는 낡은 윤건과 의복을 걸친 문사.

그가 얼마나 오랜 세월 동안 전각에 있었는지는 알 수 없었다. 하지만 대충 짐작하기에도 몇 년 이상 전각 안에 갇혀 있었던 것이 분명했다.

지하 깊은 곳에 위치한 망자 소굴. 게다가 조금 전까지만 해도 호수가 빙옥환으로 얼어붙어서 전각 밖으로는 채 한 걸음도 나갈 수 없었다.

문사가 미쳐 버린 것도 이해가 됐다.

아니, 이런 장소에 갇혀 있는 자가 미치지 않는 게 오히려 이상할 것이다.

무명이 단도직입으로 물었다.

"망자비서는 어디 있소?"

"망자비서?"

문사가 고개를 갸우뚱거리며 대답했다.

"나는 모르네."

마지일이 검 끝을 문사의 목에 겨누며 말했다.

"네놈이 모르면 누가 알지? 셋 셀 동안 대답해라."

그러나 문사는 겁을 먹기는커녕 마지일을 똑바로 노려보며 호통을 치는 것이었다.

"비서나 금서로 불리는 서책일수록 내용은 허황되고 문장은 비루하다는 것도 모르는가?"

"하룻강아지 범 무서운 줄 모른다더니."

마지일의 눈빛이 흉흉해졌다.

무명이 손을 뻗어 그를 막았다.

"그만두시오. 미친 자요. 억지로 심문해도 대답을 듣기는 힘들 거요."

"초록은 동색(同色)이라더니. 문사 놈아, 이 서생 덕분에 목숨을 건진 줄 알라고."

마지일은 쓴웃음을 지으며 검을 거두었다.

무명이 일행을 보며 명령했다.

"모두 망자비서를 찾으시오."

일행은 사방으로 흩어져서 망자비서를 찾기 시작했다.

그런데 문사가 버럭 화를 내는 것이었다.

"무례한지고! 감히 어디에 함부로 손을 대는 것이냐?"

문사가 정영에게 달려들더니 막 그녀가 집어 든 서책 몇 권을 빼앗았다.

정영이 무공을 모르는 문사에게 당할 리가 없다. 하지만 갑자기 벌어진 일이라 그녀는 엉겁결에 서책을 넘기고 말았다.

그때였다.

쉬익!

마지일이 검지를 뻗어 문사의 가슴팍을 찔렀다.

팟! 문사가 입을 딱 벌리며 제자리에 멈춰 섰다. 마지일이 그의 마혈을 점혈한 것이었다.

서책들이 문사의 손에서 바닥으로 떨어졌다. 투두둑.

"하하하하! 잡동사니를 뒤질 생각을 하니 골치가 아팠는데, 네놈이 수고를 덜어주는구나!"

마지일은 문사가 떨어뜨린 서책을 주워서 하나씩 펼쳐봤다.

하지만 그의 얼굴이 대번에 일그러졌다.

"주역? 점집 차렸나? 이건 또 뭐야? 천자문? 제길……."

그가 서책들을 바닥에 내팽개쳤다. 문사는 단지 다른 자들이 서책을 뒤지는 게 싫었던 것뿐이었다.

일행은 다시 서책을 뒤지며 망자비서를 찾았다.

그들이 서책을 찾는 모습은 제각각 달랐다.

제갈윤은 화려한 표지의 서책만 골라 들었다. 마지일은 닥

치는 대로 마구 서책을 펼쳐봤다. 정영은 속도는 느리지만 한 권씩 자세히 살폈다. 진문은 구석에 나뒹구는 서책도 빼먹지 않고 꼼꼼하게 확인했다.

반면 무명은 함께 서책을 찾지 않고 멀뚱히 지켜만 봤다.

실은 그는 딴 속셈이 있었다.

'문사는 망자비서가 어디 있는지 알고 있을 것이다.'

그는 정말 미친 것으로 보였다. 하지만 미친 자일수록 무의식중에 본능적으로 행동하게 마련이다.

마지일에게 점혈당한 문사는 옴짝달싹할 수 없었다. 그러나…….

'혼절시키지 않는 이상 점혈해도 움직일 수 있는 신체 부분이 있지.'

무명은 딴청 피우는 척하며 슬며시 문사를 살폈다.

그때 문사의 신체 부분이 불안하게 움직였다.

바로 눈동자였다.

무명은 문사의 시선이 향하는 곳을 놓치지 않았다. 방구석에 수십여 권의 서책이 아무렇게나 쌓여서 큰 무더기를 만들고 있는 곳이었다.

무더기 중간에 표지 색깔이 다른 서책 한 권이 끼어 있었다.

무명은 직감했다.

'망자비서다!'

오랜 시간을 빙옥환 호수 안의 전각에 갇혀서 미쳐 버린 문사.

하지만 무명은 문사가 무의식중에 망자비서의 위치를 알고 있을 거라고 생각했다.

'미친 자라고 해도 본능은 남아 있는 법.'

문사의 눈동자가 불안하게 희번덕거리며 어딘가를 향했다.

무명은 그의 시선을 좇았다. 문사의 눈길이 닿은 곳은 방구석에 쌓여 있는 수십 권의 서책 무더기였다.

무명이 서책 무더기로 걸음을 옮겼다.

아나나 다를까, 문사의 눈빛에서 당혹감이 느껴졌다. 그가 서책 무더기에서 다른 쪽으로 시선을 돌렸다.

그러나 무명은 망자비서로 짐작되는 서책을 찾은 뒤였다.

"이미 늦었소."

무명이 무더기에서 한 권의 서책을 골라냈다.

잠자코 있던 무명이 서책을 집어 들자, 일행이 일제히 고개를 돌렸다.

"망자비서를 찾은 것이오?"

"그런 것 같소."

무명이 대답했다.

일행이 자신이 뒤지던 서책들을 팽개친 채 무명 쪽으로 왔다.

그리고 무명이 들고 있는 서책을 보며 한마디씩 말했다.

"확실히 표지 색깔이 다른 서책들과 달라 보이오."

"흑랑비서는 사람의 가죽으로 만들었다면서? 망자비서도 그와 같으면, 색깔이 다른 것도 당연하지."

"사람 가죽이라고 해도 조금 두꺼울 뿐, 겉으로 봐서는 종잇장과 차이가 없다."

"무명, 서책을 펼쳐보시오. 정말 망자비서가 맞는지."

무명이 서책의 한가운데를 펼쳤다.

…서책에는 어떤 문장이나 부적 같은 그림은커녕 글자 하나 적혀 있지 않았다.

마지일이 고개를 갸웃거리며 말했다.

"이게 뭐야? 아무것도 없잖아?"

그가 무명의 손에서 망자비서를 빼앗듯이 넘겨받은 뒤 책장을 빠르게 넘겼다.

촤르르르. 그러나 어떤 책장에도 글씨는 전혀 보이지 않았다.

마지일이 웃음을 터뜨렸다.

"하하하하! 이게 망자비서라고? 그냥 백지 아냐?"

"아직 모르오."

무명이 마지일에게 고개를 저어 보인 다음, 제갈윤을 보며 말했다.

"흑랑비서는 사람의 피를 흡수해야 글자가 나타난다고 하지 않았소?"

"그렇다."

"망자비서도 흑랑비서와 똑같은 방법으로 만들었다면?"

그 말에 일행은 깜짝 놀란 눈으로 서로를 돌아봤다.

대명각에서 잠행 회의를 할 때 제갈윤이 한 얘기가 그제야 생각이 났던 것이다.

그때 사람 피를 쓰는 문제를 가지고 정영과 제갈윤이 말다툼을 벌이지 않았던가.

무명이 말을 이었다.

"이 방은 서책으로 가득 차 있소. 또한 벽면도 글자투성이요."

그랬다. 사방에 서책이 산더미처럼 쌓여서 몰랐는데, 일행이 망자비서를 찾느라 서책을 치우자 벽면에도 빼곡하게 글귀가 적혀 있었던 것이다.

글귀는 유명 시구를 베낀 것이 있는가 하면, 무슨 말인지 뜻을 알 수 없는 해괴한 문구도 눈에 띄었다.

마지일이 피식 웃으며 중얼거렸다.

"일 년 삼백육십오 일 방에서 글을 쓰다가 미쳤군. 아니면 미쳐서 벽에다 글을 썼든지."

그의 말은 문사를 비웃는 것이었으나, 일행은 정말 그랬을 거라는 생각마저 들었다.

"그런데 그 서책에는 글자 하나 없소."

무명이 마지일이 든 서책을 가리켰다.

"온통 글자투성이인 방에 글자가 없는 서책이 있다? 뭔가 느낌이 오지 않소?"

일행은 자기도 모르게 고개를 끄덕였다.

무명의 말이 옳았다.

사방에 보이는 것이 서책 더미 아니면 글자가 적힌 벽면인 상황.

그런데 그중에 백지 상태인 서책이 있다는 게 오히려 수상했다.

마지일이 말했다.

"그럼 확인할 방법은 하나로군. 사람 피를 묻히는 것."

그는 누군가를 향해 시선을 돌렸다.

"마침 잠행조가 아닌 사람도 여기 한 명 있고 말이야."

마지일의 시선이 향한 곳은 점혈당해서 꼼짝 못 하고 있는 문사였다.

그의 생각은 분명했다.

문사를 죽이고 그의 피로 서책을 확인하자는 것이었다.

정영이 날카롭게 반문했다.

"잠행조가 아닌 자라도 함부로 해치고 그 피를 쓸 수는 없소."

"어차피 이 문사는 죽을 때까지 여기서 썩을 예정이었는데 무슨 상관이냐?"

"전진교 도사가 인류에 반하는 일을 그리 쉽게 입에 담는 거요?"

"서로 등쳐먹고 사는 강호에서 무슨 놈의 인류?"

"뭐라고?"

정영과 마지일의 목소리가 높아졌다.

무명이 둘의 대화를 막으며 말했다.

"그만두시오. 지금 문사를 죽여서는 안 되오."

"왜? 네놈도 인류 타령을 하는 거냐?"

"아니오. 저자의 정체를 아직 모르기 때문이오."

"정체? 이미 알고 있잖아? 지하 도시에 갇혀서 미쳐 버린 문사 놈!"

"그것 말고 다른 가능성이 있소. 만약 문사가 망자비서를 만든 자라면 어찌할 것이오?"

"……"

마지일이 입을 다물었다.

무명의 말이 정곡을 찔렀기 때문이었다.

무명의 말이 계속됐다.

"또한 문사가 이 지하 도시를 설계한 장본인일 수도 있소. 그게 아니면 왜 이런 곳에서 혼자 벽곡단을 먹으며 목숨을 부지하고 있었겠소?"

"…그 말도 일리가 있군."

"진짜 신분을 알아내기 전에 문사를 죽일 수는 없소."

마지일이 인정한다는 듯 두 팔을 벌려 보였다.

"뭐, 잠행조 조장이 그렇다고 하니 할 수 없지."

무명이 명령했다.

"모두 계속 서책을 찾으시오. 조금이라도 이상한 서책이 나오면 말하시오."

"차라리 장강(長江)의 모래사장에서 바늘을 찾는 게 쉽겠군."

마지일이 불평을 내뱉었다.

하지만 일행이 각자 서책 더미로 몸을 돌리자, 마지일은 연신 투덜거리면서도 서책 찾기를 재개했다.

그리고 다른 네 명의 일행이 서책을 뒤질 때, 무명은 문사가 벽면에 쓴 글자를 조사했다.

시간은 물처럼 흘러갔다.

어느새 밥 한 끼 먹을 시간을 넘어서 낮잠 한 번 자고 일어날 시간이 지났다.

그제야 일행은 서책 뒤지기를 간신히 끝마쳤다.

"사서오경 같은 서책 말고는 아무것도 없다."

"이쪽은 대문장가인 이백과 두보의 시집이 전부요."

"여기는 병법서요. 손자병법은 물론이고 고금의 병법서가 모두 있는 것 같소."

다들 자신이 맡은 구역의 서책이 무엇인지 말했다.

결국 망자비서로 의심되는 서책은 단 한 권도 나오지 않은 것이다.

무명이 문사의 눈치를 살펴서 찾은 백지로 된 서책 말고 는…….

마지일이 물었다.

"어이, 조장. 이제 어떡할 셈이냐?"

"……."

무명이 침음하다가 정영을 보며 말했다.

"척사검을 잠시 빌릴 수 있겠소?"

"물론이오."

정영이 척사검을 뽑아서 무명에게 건넸다.

일행은 어리둥절한 눈으로 무명을 쳐다봤다.

그가 척사검으로 무엇을 하려는 건지 알 수 없었기 때문이 다.

무명이 왼손으로 척사검의 검날을 꽉 잡았다.

그리고 검을 잡아당겼다.

사악! 검날이 무명의 왼손에서 밖으로 빠져나왔다.

무명이 백지 서책을 펼쳐 든 다음 왼손을 펼쳤다.

그러자 손바닥에 난 검상에서 핏물이 떨어져 서책을 적시기 시작했다.

투두두둑.

제갈윤이 말했다.

"진작 그 방법을 썼으면 좋았잖아? 괜히 서책 뒤지느라 헛

수고만 했군."

"그럼 당신 손을 베지 그랬나?"

"안 그래도 그럴 참이었다. 한데 서생 놈이 먼저 시작하는 바람에 선수를 놓친 거지."

마지일이 일침을 놓자 제갈윤이 뻔뻔하게 대답했다.

일행은 아무도 그 말을 믿지 않았다.

그때였다.

서책 귀퉁이에서 핏물이 번지며 글자가 나타나는 것이 아닌가?

누군가가 나직하게 중얼거렸다.

"망자비서……."

일행은 무심코 고개를 끄덕였다.

제갈윤에게 흑랑비서 얘기를 들을 때만 해도 그들은 반은 믿고 반은 의심했었다.

그런데 지금 눈앞에서 서책에 글자가 생기는 모습을 보니, 제갈윤의 말을 믿지 않을 수 없었다.

핏물이 번지면서 만들어낸 글자는 '신기(神奇)'였다.

신기. 불가사의하고 기이하다는 뜻.

망자의 정체를 밝혀놓았을 서책에 어울리는 글자였다.

제갈윤이 양손을 비비며 말했다.

"망자비서다! 강호에 소문만 떠돌던 망자비서가 정말 있었다니!"

그는 마치 무엇에 홀린 듯이 서책을 향해 손을 내밀었다.

무명이 척사검을 들어 그를 막았다.

"왜 그러시오?"

"몰라서 묻냐? 망자비서를 분석할 곳은 제갈세가밖에 없다! 그러니 망자비서는 내가 갖고 있어야……."

"전자는 인정하겠으나 후자는 아니오."

"뭐라고?"

"망자비서 분석은 제갈세가에게 맡기겠소. 하지만 그건 지하 도시를 탈출한 다음의 얘기요. 지금 망자비서를 당신에게 넘기지는 않겠소."

제갈윤이 품에서 판관필을 꺼내며 소리쳤다.

"네놈이 간이 부었구나! 강호의 일개 서생 따위가 감히 제갈세가에게……."

그때 검 한 자루가 제갈윤의 목에 걸쳐졌다. 척!

제갈윤에게 검을 겨눈 자는 마지일이었다.

"전진교는 강호의 일개 서생이 아니니 말할 자격이 있겠군. 망자비서에서 손을 치우시지."

"마지일! 너마저 서생 편을 드는 거냐?"

"아니. 아직 잠행이 끝나지도 않은 판인데 네가 전리품을 챙기려 하는 게 못마땅해서다."

"뭐야? 제갈세가를 못 믿겠다는 거냐?"

제갈윤이 분노를 터뜨렸다.

그런데 이번에는 진문과 정영도 마지일 옆에 서며 말했다.

　"소림은 제갈세가의 위명을 신뢰하오. 그러니 잠행이 끝나기 전에는 망자비서를 조장이 간수할 것이라 믿소."

　"점창파도 동의하오. 망자비서는 무림맹의 소유이지, 제갈세가의 것이 아니오."

　"네놈들……."

　제갈윤은 일행을 차례로 한 명씩 노려보다가 몸을 홱 돌리며 방구석으로 가버렸다.

　마지일이 광소를 터뜨렸다.

　"역시 제갈세가는 계산이 빠르군. 삼 대 일은 아무래도 불리하지. 아니, 서생까지 치면 사 대 일인가? 하하하하!"

　마지일이 조롱했지만, 기세가 꺾인 제갈윤은 아무 말이 없었다.

　정영이 물었다.

　"지혈해야 되지 않소?"

　"상처가 깊지 않소. 살짝 그었을 뿐이오."

　무명이 정영에게 척사검을 돌려주며 대답했다.

　그런데 무명의 다음 말이 일행 모두를 놀라게 했다.

　"망자비서는 내가 갖고 있지 않겠소."

　"뭐라고?"

　마지일이 영문을 모르겠다는 얼굴로 물었다.

방금 제갈윤의 억지를 막았는데 무명이 망자비서 소지를 거부하니 이유를 알 수 없었던 것이다.

무명이 말을 계속했다.

"나는 임시 조장일 뿐이오. 게다가 우리 중에 망자가 없다고 확신할 수도 없소."

"……."

일행은 침을 꿀꺽 삼키며 서로를 쳐다봤다.

"나 역시 망자가 아니라는 증거는 없소. 그런데 내가 망자비서를 갖고 있으면 서로 간에 의심만 생길 것이오."

"그럼 누구에게 주려고? 귀신한테 맡길 건가?"

"귀신은 아니지만, 망자비서를 맡길 자가 한 명 있소."

무명이 가리킨 자는 바로 문사였다.

"문사에게 망자비서를 맡기겠소. 우리는 지하 도시에서 문사도 데리고 탈출할 것이오."

"미친놈한테 망자비서를 주는 것도 모자라서 끌고 다니자고? 네놈도 돌았냐?"

제갈윤이 소리쳤다.

그런데 누군가가 그의 말을 막았다.

"나도 무명 말에 동의하오."

그는 진문이었다.

"문사가 망자비서를 직접 만들었거나 지하 도시를 설계했는지 심문해 볼 필요가 있소. 망자비서는 제갈세가로 가져가서 분석하시오. 대신 이 문사는 소림사로 호송하겠소.”

“……”

제갈윤은 진문의 논리에 말문이 막혔는지 입을 다물었다.

“소림사가 문사를 참회동에 두고 배후를 알아내겠소.”

“이 지옥 같은 곳을 탈출했더니 한번 들어가면 평생 나오지 못하는 참회동에 간힌다고? 운도 더럽게 없는 놈이군, 하하하하!”

무명이 마지일에게 명했다.

“그만 문사의 점혈을 풀어주시오.”

“알았다.”

마지일이 검지를 출수해서 문사의 등 뒤에 있는 혈도를 찔렀다.

“커헉!”

점혈이 풀린 문사가 비틀거리며 막혔던 숨을 토했다.

무명이 그의 앞으로 가서 말했다.

“당신은 우리와 함께 이 전각을 떠날 것이오. 알겠소?”

문사는 고개를 끄덕이면서 멍한 눈으로 일행을 쳐다봤다.

그러더니 조심스레 말을 꺼냈다.

“뭐 하나만 물어봐도 되겠나?”

“말하시오.”

무명이 허락하자, 문사가 영문을 모르겠다는 얼굴로 물었다.

　"왜 다들 웃통을 벗고 있나? 바깥은 여름인가?"

2장.

배신자의 정체

　무명이 문사에게 서책을 건네며 말했다.

　"우리와 함께 전각을 떠날 것이오. 이건 당신이 갖고 있으시오."

　"전각을 떠나서 어디로 가겠다는 건가?"

　마지일이 끼어들며 말했다.

　"어디긴? 이 지옥을 떠나서 진짜 세상으로 나가야지."

　문사는 일행을 둘러보며 침을 꿀꺽 삼켰다. 그러더니 바닥에 나뒹굴고 있는 서책 더미로 몸을 날렸다.

　"안 된다, 이놈들아! 내 보물을 여기 놔두고 갈 수는 없다!"

　"더 소중한 보물이나 챙기시지?"

스릉. 마지일이 검을 뽑아서 문사의 목에 갖다 댔다.

"서책을 포기할 테냐, 아니면 네 목을 포기할 테냐? 선택해라."

"학문을 닦는 문사에게 서책을 포기하라고? 네노오옴!"

"시끄럽군."

마지일의 눈빛이 흉흉해지자 무명이 그를 막았다.

"그만두시오. 이자를 호송해야 되는 이유를 벌써 잊었소? 어차피 망자비서를 지니고 있어야 하니, 서책 몇 권쯤 챙기게 놔두시오."

"…딱 다섯 권만 챙겨라. 한 권이라도 더 집어 들었다가는 네 목숨은 없다."

마지일이 검을 거두며 말했다.

문사는 무릎을 꿇고 기어 다니며 서책들을 이것저것 들쳐 봤다.

"내 서책! 내 서책!"

문사가 서책을 한 권씩 챙길 때마다 마지일이 팔짱을 낀 채 수를 셌다.

"하나, 둘, 셋, 넷… 다섯, 그만!"

"아아아, 얘들아 미안하다."

문사가 품에 다섯 권의 서책을 안은 채 비틀거리며 몸을 일으켰다. 그리고 방구석을 돌아보며 말했다.

"이보게, 학사들. 부디 이 서책들을 소중히 지켜주시게. 내

부탁함세."

물론 방구석에는 학사는커녕 쥐새끼 한 마리 보이지 않았다.

마지일이 문사가 집어 든 서책의 제목을 읽더니 한숨을 쉬었다.

"천자문에 논어에 중용? 목숨보다 귀한 서책이라는 게 고작 동네 문방에서도 살 수 있는 것뿐이냐?"

그 말에 진문이 대꾸했다.

"미친 문사한테 뭘 더 바라는 거요?"

"쳇, 그 말이 맞군."

문사가 다섯 권의 서책과 무명이 건넨 것을 웃옷 속에 넣고 갈무리했다.

일행은 그를 끌고 일 층으로 내려왔다. 그리고 배에 올라서 전각을 떠났다.

어느새 호수의 얼음이 완전히 녹아 있었다. 때문에 배는 먼젓번보다 빠르게 물살을 헤치고 나아갔다.

제갈윤이 기지개를 켜며 말했다.

"드디어 저주받을 잠행이 끝났군."

다른 일행도 그 말에 동감하는지 홀가분한 얼굴이었다.

그런데 무명이 제갈윤에게 묻는 것이었다.

"잠행이 대체 무엇이오?"

"잘 알면서 뭘 또 묻지?"

"나는 강호의 삼류 서생이오. 제갈세가의 가르침을 주면 고맙겠소."

제갈윤은 영문을 모르겠는지 피식 비웃은 뒤 입을 열었다.

"잠행은 세 가지 단계로 이루어진 작전이다. 비처(祕處)를 지키는 자들에게 들키지 않고 잠입한다. 신속하게 임무를 완수한다. 조원이 가능한 한 무사하도록 탈출한다. 이 세 가지 중 어느 하나만 빠져도 잠행이라고 할 수 없지."

"그렇다면 세 가지 단계 중 지금 가장 중요한 것이 뭐라 생각하시오?"

"당연히 두 번째지. 망자비서를 찾는 것."

"아니오. 당신 말은 틀렸소."

무명이 제갈윤의 말을 반박했다.

"지금은 세 번째 단계인 탈출이 가장 중요하오."

"탈출? 하하하하! 목숨이 그렇게 아깝더냐?"

제갈윤이 광소를 터뜨렸다.

"스스로 강호의 삼류 서생이라고 하더니 주제는 잘 아는군! 잠행에서 목숨보다 중요한 것이 임무라는 사실도 모르냐?"

그런데 이어지는 무명의 말에 제갈윤의 표정이 싹 바뀌었다.

"그럼 우리가 여기서 전멸하면 누가 망자비서를 무림맹에 전달하오?"

"그, 그건……."

"우리 임무는 망자비서를 무사히 무림맹에 전달하는 것이오. 비서를 갖고 탈출하지 못한다면 임무는 실패요. 즉 지금은 탈출이 가장 중요하오."

"……"

제갈윤은 말문이 막혔는지 입을 다물었다.

무명이 일행을 한 명씩 돌아보며 말했다.

"지하 도시를 탈출하기 전까지 마음을 놓지 마시오. 잠행은 지금부터 시작이오."

정영과 진문이 고개를 끄덕였다.

지하 도시를 탈출하지 못하면 잠행은 실패라는 무명의 말이 그들의 가슴속을 깊이 파고들었던 것이다.

그러나 표정 하나 바뀌지 않고 태연한 자가 있었다.

"뭐가 그렇게 진지하냐? 최소한 한 명은 비서를 들고 이 지옥을 나가겠지, 하하하하!"

마지일의 웃음소리가 짙은 안개를 뚫고 호수에 울려 퍼졌다.

곧 배가 호수 끝자락에 도착했다.

일행은 배에서 내렸다. 그리고 통로로 들어가서 이동했다.

잠시 탁 트인 호수에 있다가 다시 비좁은 통로를 걷자니 몸도 마음도 답답했다.

"허구한 날 통로 속을 돌아다니자니 쥐새끼가 된 기분이군."

마지일이 투덜대다가 무명을 보며 물었다.

"처음 들어왔던 우물 말고 다른 출입구가 있는 건 확실하겠지?"

"물론이오."

무명이 고개를 끄덕이며 대답했다.

"하지만 출입구라고는 볼 수 없소. 그곳은 단지 탈출만 할 수 있소."

"뭐? 왜 그런 거지?"

"그곳에 가보면 알게 될 것이오."

"뭐, 상관없지. 일단 나가면 두 번 다시 여기 올 일은 없으니까."

마지일이 어깨를 으쓱해 보였다.

그때였다. 통로 멀리에서 어둠을 뚫고 무슨 소리가 들렸다.

무명이 재빨리, 동시에 나직하게 말했다.

"모두 멈추시오."

"응? 또 뭐냐?"

"쉿!"

무명이 검지를 입가에 갖다 댔다. 그리고 눈을 감고 소리에 귀를 기울였다.

사라락, 사라락, 사라락……

마지일도 소리를 들었는지 말했다.

"뭐야? 부드러운 천이 바닥에 끌리는 소리 같은데?"

그 말을 들은 무명은 눈을 번쩍 뜨면서 생각했다.

'드디어 올 것이 왔군.'

정영이 목소리를 죽이며 물었다.

"왜 그러시오?"

"망자들이오."

"망자들? 이쪽 통로에는 망자들이 없었지 않았소?"

"맞소. 하지만 지금 망자들은 다르오. 이들은 주기적으로 통로를 정찰하는 자들이 아니라 우리를 뒤쫓아 왔소."

"……!"

일행이 깜짝 놀란 눈으로 서로를 돌아봤다.

"우리를 쫓아왔다고? 어떻게? 혹시 등줄기가 붉게 변한 놈이 있었나?"

마지일이 검을 뽑으며 고개를 돌렸다. 그는 등이 붉게 변한 자, 즉 일행 중에 숨어 있는 망자를 찾는 것이었다.

그러나 마지일 자신은 물론, 무명, 정영, 진문, 제갈윤까지 일행 중 누구의 등줄기도 붉어지기는커녕 멀쩡하기만 했다.

무명이 고개를 저으며 말했다.

"일행 중에 있는 망자가 신호를 보낸 게 아니오. 지금 망자는 우리가 잠행을 시작했을 때부터 뒤를 밟아서 추적해 왔소."

"뭐라고? 그걸 어떻게 알고 있지?"

"짐작 가는 자가 있소. 바로……."

무명이 망자의 이름을 밝히려고 할 때였다.

키에에엑!

통로가 굽은 모퉁이에서 망자가 괴성을 지르며 튀어나왔다.

마침 검을 들고 있던 마지일이 망자를 향해 일검을 출수했다. 촤악! 망자의 목이 일검에 날아갔다. 그리고 바닥에 떨어져서 몇 바퀴를 데굴데굴 구르다가 멈췄다.

그런데 망자의 목은 두 눈알을 희번덕거리다가 일행을 향해 빙글 돌아갔다. 마지일이 일검에 혈선충의 심맥을 베는 데 실패한 것이었다.

망자의 목이 일행을 노려보며 말했다.

"거기 있었군. 이제야 찾았다."

"……!"

일행은 할 말을 잃고 침을 꿀꺽 삼켰다.

망자의 얼굴은 창백할 만큼 진하게 화장을 하고 있었다.

분 냄새가 코를 찌를 정도로 화장을 한 망자. 망자는 다름 아닌 황궁의 궁녀였다.

궁녀의 붉은 입술이 말했다.

"환관 놈아, 거기 꼼짝 말고 기다려라. 내가 곧 갈 테니까. 하하하하하……."

궁녀가 웃음을 터뜨렸다. 여인의 가느다란 성대에서 남자의 호탕한 웃음소리가 나오자 일행은 전신에 오싹 소름이 돋았다.

마지일이 물었다.

"환관? 망자가 네가 아는 자냐?"

다른 일행도 궁금해하는 눈으로 무명을 쳐다봤다.

무명이 대답했다.

"그렇소. 이 궁녀를 조종하는 망자는 나를 죽이려고 쫓아오는 것이오."

"대체 그자가 누구냐?"

"무당삼검 청일이오."

"뭐라고?"

마지일이 그답지 않게 입을 딱 벌리고 경악했다.

"청일은 황궁에서 불에 타 죽은 것으로 알고 있었는데……."

"그 소문은 맞소. 하지만 청일은 죽지 않고, 아니, 죽은 뒤에 망자가 되었을 것이오. 소문은 절반만 맞은 셈이오."

"어쩐지 무당파에서 복수는커녕 청일의 죽음을 묻어두려고 하더니, 그런 사정이 있었군."

그는 어이가 없다는 듯 고개를 휘휘 저었다.

그러다가 문득 다른 질문이 떠올랐는지 물었다.

"무당삼검 청일이 망자가 돼서 쫓아온다는 것은 어떻게 알았지?"

"마지일, 당신 덕분이오."

"그게 무슨 소리냐?"

"청일은 기관진식으로 길이 막혀서 제자리를 빙빙 돌던 미궁부터 우리를 쫓아왔소."

무명의 설명은 일행을 또다시 경악하게 만들었다.

"당신이 돌벽에 검으로 내 천(川) 자를 새겼소. 한데 통로를 한 바퀴 돌아오자, 네 방향의 갈림길에 모두 천 자 검흔이 나 있었소."

"그게 청일이 새긴 검흔이라고?"

"그렇소. 우리가 지금까지 본 망자는 모두 혼백이 없는 혈귀였소. 하지만 일류를 넘는 고수가 아니라면 돌벽에 그 검흔을 새기는 것은 불가능하오."

무명의 목소리는 어느새 싸늘하게 식어 있었다.

"검을 귀신처럼 쓰는 고수. 동시에 구천지하를 떠돌며 내게 복수할 날을 기다리던 자. 그런 자는 한 명밖에 모르오. 황궁 내원의 화재에서 가짜 시체를 남긴 채 망자가 되어 지하 도시로 숨은 자, 바로 무당삼검 청일이오."

"······!"

일행은 충격을 받은 채 침음했다.

무당삼검 청일은 무당파에서 다섯 손가락 안에 드는 고수였다. 관과 연줄이 깊은 무당파가 그를 금위군 총대장으로 내세운 것도 그 때문이었다.

특히 검을 든 청일은 중원 무림의 누구도 쉽게 이기리라고 자신할 수 없는 상대였다.

그런 청일이 망자가 되었을 줄이야…….

무명이 차갑게 한마디를 추가했다.

"강호의 일류 고수라고 해도 망자를 우습게 보았다가는 청일처럼 되오."

일행은 그 말을 인정할 수밖에 없었다.

몇 번을 쓰러뜨려도 거듭 일어나 덤벼드는 망자들. 망자를 상대할 때 가장 중요한 것은 무공 수위가 아니라 정보였다.

하지만 일행이 간과하고 있는 게 있었다.

정영이 무심코 그 사실을 중얼거렸다.

"만약 우리 중에 망자가 숨어 있다면… 우리는 다섯에서 넷으로 수가 줄어드는데 적은 한 명이 늘어나겠군."

"그렇소. 청일이 망자가 되었으니, 망자 편에 일류를 넘은 고수가 생긴 셈이오."

일행은 등골이 서늘했다.

혈선충의 심맥을 가르지 않는 한 죽지 않는 망자. 그런데 그 망자가 검법까지 일행을 능가한다고?

갑자기 제갈윤이 웃음을 터뜨렸다.

"하하하! 말도 안 되는 소리. 망자 따위가 무슨 검을 쓴단 말이냐?"

순간 궁녀의 두 눈알이 제갈윤을 향해 빙글 돌아갔다.

궁녀의 붉은 입술이 꿈틀거리며 움직였다.

"제갈세가? 말만 지껄이는 계란 머리도 있었군."

"뭐라고!"

제갈윤의 두 눈이 뒤집혔다.

중원에서 사람을 계란이라고 부르는 것은 큰 욕이었다. 계란이 제대로 발효되지 못하고 상했다는 뜻이기 때문이다. 즉 '계란 머리'는 지모로 유명한 제갈세가를 대놓고 비웃는 말이었다.

"망자 따위가 감히!"

제갈윤이 판관필을 꼬나들고 궁녀의 목으로 걸어갔다.

그때였다. 통로의 저편에서 재차 천 소리가 들려왔다.

사락, 사락, 사락.

망자들이 어둠 속에서 모습을 드러냈다.

일행은 그제야 왜 천 소리가 났는지 알 수 있었다. 망자들은 얼굴에 분칠을 한 궁녀들이었다. 궁녀들의 길고 두터운 치맛자락이 돌바닥에 스치며 소리를 냈던 것이다.

휙!

어둠 속에 둥둥 떠 있는 희멀건 얼굴들이 이쪽으로 일제히 고개를 돌렸다.

키에에엑!

궁녀들은 곤충이 기어오는 것처럼 목과 사지를 비틀며 일행에게 달려들었다.

황궁 내원 화재 때 불에 타 죽은 무당삼검 청일.

실은 그는 망자가 되어 지하 도시에 숨어든 채 복수를 노리고 있었다.

청일은 자신을 망자로 만든 궁녀들을 거느리고 일행을 추적해 왔다. 궁녀의 목이 청일의 말투로 얘기한 것이 그 증거였다.

궁녀 하나가 마지일을 향해 달려들었다.

이미 죽은 시체가 되살아났다고 하면 보통은 비쩍 마른 미라를 연상하게 마련이다.

하지만 궁녀의 몸은 가슴이 풍만하고 허리가 잘록해서 전혀 시체로 보이지 않았다. 게다가 걸친 옷은 하늘하늘해서 속이 비쳐 보였다.

마지일이 씨익 웃으며 말했다.

"시체치고는 요염하군."

그때 궁녀가 이빨이 튀어나오도록 입술을 말아 올렸다. 그리고 턱이 빠질 정도로 아가리를 크게 벌렸다.

쩌억!

잠깐 음심이 동했던 마지일은 쓴웃음을 지을 수밖에 없었다.

"취소하지. 목은 빼고."

궁녀가 두 손으로 마지일의 목을 조르려고 달려드는 찰나, 마지일이 몸을 옆으로 피하며 검을 아래로 내렸다. 이어서 검을 대각선 위로 그으며 궁녀의 목을 날려 버렸다.

촤아악!

궁녀의 목이 일검에 날아갔다.

그러나 궁녀의 몸은 멈추지 않고 마지일에게 덤볐다.

"거봐. 목이 없으니 제법 그럴듯해졌잖아?"

마지일은 여유롭게 중얼거리며 검을 놀렸다. 스슥! 궁녀의 두 손목이 땅에 떨어졌다.

그런데 궁녀는 그대로 마지일에게 몸을 날렸다. 그리고 검에 베인 목의 단면을 그를 향해 불쑥 내밀었다.

잘린 목에서 굵직한 혈선충 더미가 뱀처럼 꿈틀거리며 튀어나왔다.

쐐애애애액!

혈선충 다발이 마지일의 얼굴 위로 쏟아졌다.

"이런 빌어먹을!"

마지일이 철판교의 수법을 써서 몸을 바닥과 수평이 되도록 뒤로 젖혔다.

동시에 오른발을 들어 궁녀의 배를 걷어찼다.

펑!

궁녀의 몸뚱이가 멀리 날아가서 통로 벽에 부딪혔다.

마지일이 자기도 모르게 침을 꿀꺽 삼켰다. 망자를 상대할 때 가장 조심해야 될 게 바로 지금 같은 경우였다. 아무리 망자를 도륙한들 단 한 번 실수하여 혈선충에 감염되면 결국 패배하게 되는 것이다.

망자를 우습게 보다가 자신 역시 망자가 되어버린 무당삼검 청일처럼.

게다가 상황은 아직 끝나지 않았다.

목과 두 손이 없는 궁녀의 몸이 비틀거리며 자리에서 일어나고 있었다.

키에에엑! 쌔애애액!

마지일은 넌더리가 난다는 듯이 고개를 저었다.

"휴우, 이건 뭐 끝이 없군."

다들 그 말에 동감했다.

망자와의 싸움은 그 끝이 어디인지 아무도 짐작할 수 없었다.

이번에는 궁녀 하나가 문사를 향해 달려왔다.

"허억! 저, 저게 대체 무엇인가?"

미쳐 버린 문사도 눈앞의 존재가 보통 사람이 아닌 괴물이라는 것을 깨달은 눈치였다.

정영이 앞으로 발을 뻗으며 검을 찔렀다.

슈웃! 바람을 가르며 날아간 척사검이 궁녀의 목젖을 관통하고 목뒤로 빠져나왔다.

크륵! 꾸웨에에엑…….

궁녀가 사지를 발광하듯이 비꼬고 틀었다. 그러다가 전신을 한 번 부르르 떨더니 궁녀의 고개가 아래로 툭 떨어졌다.

정영이 다시 한번 일검으로 망자를 처치하는 데 성공한 것이었다.

마지일이 그녀를 돌아보며 중얼거렸다.

"점창파 무공은 사람 상대로는 별로 신통하지 못했는데, 망자를 상대해서는 신공절학이 따로 없군. 이래서 강호는 재미있단 말야."

만약 정영이 들었다면 화를 내며 검을 겨누었을 말.

다행히 그녀는 다른 궁녀들을 상대하느라 마지일의 중얼거림을 들을 겨를이 없었다.

슈웃! 슈우웃! 스팟!

정영이 척사검을 몇 번 찌르고 옆으로 베길 반복했다.

그녀는 어둠 속에서 갑자기 궁녀가 튀어나오면 먼저 발로 차거나 몸을 돌려 옆으로 피했다. 그런 다음 궁녀의 목뒤를 노리고 정확히 검을 출수해서 혈선충의 심맥을 꿰뚫었다.

또한 궁녀가 두 손아귀로 신체를 붙들려고 하면 일단 손을 벤 뒤 한 발 뒤로 물러나서 목을 베었다.

무작정 앞으로 뛰어오는 궁녀는 가장 상대하기 쉬웠다. 발을 뻗고 몸을 일직선으로 하며 사일검법을 출수하면 그만이었으니까.

정영의 활약에 눈 깜짝할 사이 궁녀 셋이 바닥에 쓰러졌다.

그녀가 잠깐 숨을 고를 때였다.

일행의 후미, 어두컴컴한 그림자 속에서 궁녀 하나가 스르르 움직였다.

혼백이 없는 혈귀도 동료가 죽는 모습을 보고 배운 점이 있는 것일까? 궁녀는 소리 없이 천천히 발을 옮겨서 문사의 뒤로 다가갔다.

그리고 문사가 지척에 오자 두 팔을 펼치며 달려들었다.

키에에엑!

하지만 혼백이 없는 혈귀는 역시 생각이 모자랐다.

일행의 후미에는 소림승 진문이 있었던 것이다.

"흐아압!"

진문이 나한권의 권격을 연달아 세 번 출수했다.

퍼퍼펑! 꾸웨에엑!

궁녀가 부웅 날아가서 통로 벽면에 부딪혔다.

권격으로는 혈선충의 심맥을 가를 수 없다. 하지만 궁녀는 당장 몸을 일으키지 못한 채 바닥을 뒹굴었다.

소림 나한권은 강호의 삼류 무사도 두어 초식을 할 수 있을 만큼 평범한 동작으로 이루어져 있었다.

그러나 삼십 년 가까이 갈고닦은 진문의 외공은 강호의 삼류 무사와는 파괴력이 달랐다. 그의 권격은 이미 죽은 시체인 망자조차 잠시 움직일 수 없도록 만들었던 것이다.

계속해서 정영, 진문, 마지일이 인정사정없이 초식을 출수했다.

궁녀들 칠팔 명이 순식간에 영영 죽은 시체가 되어 쓰러졌다.

일행은 그제야 한숨을 돌렸다.

하지만 숨을 돌릴 여유는 없었다. 이제 옷자락이 스치는 소리가 아니라 미친 듯이 달려오는 발소리가 통로에 울려 퍼졌던 것이다.

탁탁탁탁탁…….

무명이 말했다.

"다들 망자 피하는 법을 기억하고 있소?"

"물론이지. 그런 걸 잊을 리가 있나?"

마지일이 쓴웃음을 지으며 말했다.

"피를 흘리지 마라. 숨을 멈춰라. 희로애락이 느껴지지 않게 무표정을 유지해라."

"그렇소. 모두 세 가지를 실행할 준비를 하시오."

무명이 말에 일행은 크게 심호흡을 했다. 그리고 호흡을 멈출 준비를 했다.

그런데 그들이 깜짝 잊고 있던 게 있었다.

"자네들, 대단하군! 저 괴물 같은 자들을 모두 해치우다니!"

미친 문사가 호들갑을 떨며 소리쳤다.

"대체 저 여인들은 누군가? 혹시 비싼 기루에서 외상값을 치르지 않고 도망친 겐가? 그랬었군! 그래서 기녀들이 목숨을 걸고 달려든 것이었군!"

"……"

일행은 어이가 없어서 할 말을 잃었다.

제갈윤이 피식 웃으며 말했다.

"그러길래 그냥 죽여 버렸어야지? 내 목숨 하나 부지하기 힘든데 미친놈을 끌고 탈출하겠다고? 흐흐흐."

정영이 문사에게 말했다.

"잘 들으시오. 지금부터 숨을 멈춰야 하오."

"숨을 멈추라고? 사람은 차 한 모금 마실 시간 동안 숨을 멈추면 질식해서 죽는다는 것도 모르나?"

"알고 있소. 하지만……."

무명이 손을 들어 그녀를 막았다.

"그만두시오. 소용없을 것이오."

"그럼 이자를 어떻게 할 거요? 설마 죽이지는 않겠지?"

무명이 고개를 저은 다음 마지일에게 명령했다.

"혼절시키시오."

"아하, 그거 괜찮군."

마지일이 번개처럼 검지를 출수했다.

쉬익!

문사는 '흐읍!' 하고 숨을 몰아쉬더니 곧 고개를 떨어뜨리며 축 늘어졌다.

"진문, 문사를 잡으시오."

진문이 막 쓰러지려는 문사를 붙들어서 부축했다.

"청일의 손아귀에서 빠져나갈 때까지는 진문이 문사를 책임져 주시오."

"어차피 소림사로 호송할 자니까 내게 맡기시오."

나이가 오십 줄인 문사는 비쩍 말라서 가벼워 보였지만, 진문은 혁낭 하나 메는 것처럼 문사를 번쩍 들어서 어깨에 둘러 멨다.

무명이 명령했다.

"이동합시다."

일행은 통로 속으로 들어가 달리기 시작했다.

일행이 통로로 들어간 지 차 한 잔 마실 시간이 지났다.

그러나 그들은 궁녀들을 따돌리기는커녕 오히려 같은 곳을 빙빙 돌며 헤매고 있었다.

보통 망자였다면 쉽게 피해갈 수 있었다. 숨을 멈추고 무표정을 유지하면 망자들은 산 자의 냄새와 기척을 눈치채지 못하니까.

하지만 궁녀들의 경우 사정이 달랐다.

망자가 된 청일이 궁녀들의 시선으로 일행을 찾고 있었기 때문이다.

통로를 오가는 궁녀들은 번갈아 이렇게 중얼거렸다.

"어디 있냐? 거기냐?"

"도망가 봤자 부처님 손바닥 안의 손오공인 것을 모르냐?"

"잡았다! 거기 있었구나!"

청일은 일행에게 불안감을 심어주려는지 끝없이 허세를 부리며 지껄였다.

그의 계산이 맞아 들었다. 일행은 시간이 지날수록 초조함을 감출 수 없었다.

제갈윤이 빈정거리며 말했다.

"이제 어떡할 거냐? 탈출로로 간다더니 사지로 들어온 셈이군."

"……."

무명은 대답하지 못하고 침묵했다.

제갈윤의 말이 옳았다. 지금 있는 장소가 팔 층 전각이었다면 일행은 궁녀들의 시선을 피해 도주할 수 있었을 것이다. 하지만 비좁은 통로에서는 그들의 시선을 피할 곳이 없었다.

무명은 생각했다.

'또 한 번의 도박이 필요하다.'

어차피 모두가 살아서 탈출하는 것은 불가능했다.

그렇다면 버릴 패는 버리고 취할 패는 확실히 손에 넣는 것이 상책일 것이다.

'좀 더 두고 보려 했지만 할 수 없지.'

무명은 결정을 내렸다.

그가 일행을 돌아보며 말했다.

"중간에 거쳐 왔던 약방을 기억하시오?"

"당연하지. 둘로 쪼개진 약장이 있는 방 아니냐?"

"맞소. 지금부터 하는 말을 잘 들으시오. 한 번만 얘기하겠소."

일행이 서로를 한 번 쳐다본 뒤 무명에게 눈길을 집중했다.

"둘로 떨어진 약장을 나가면 통로가 네 갈래로 갈라지는 건 알고 있을 것이오."

"그래서?"

"두 번째 통로는 일부러 사람을 보내지 않았소. 그곳으로 가면 어떤 방이 나오는지 알고 있었기 때문이오."

"그랬군. 어쩐지 일행을 셋으로 나누더니."

무명은 약방에서 이어지는 갈림길을 자신과 정영, 마지일과 제갈윤, 진문까지 세 조로 나누어서 정찰을 보냈었다. 그리고 진문이 발견한 '사기 방'을 통해 빙옥환 호수까지 이동했던 것이다.

"두 번째 통로로 가면 불가의 방이 있소."

"불가의 방? 도가의 방은 없냐? 땡초만 우대하고 말코도사 차별하는군."

"이름은 내가 지은 것이오. 그 방은 위와 아래에 커다란 구멍이 뚫려 있소. 또한 벽에는 불경이 빼곡하게 새겨져 있소. 그래서 불가의 방이라 부르고 있소."

무명은 불가의 방에 대해 설명했다.

위쪽 구멍은 한 점의 빛이 보이지만 아무리 용을 써도 위로 올라갈 수 없다. 아래쪽 구멍은 물건을 떨어뜨려도 바닥에 닿는 소리가 들리지 않을 만큼 깊다.

또한 구석에 망자가 하나 있으니, 피를 묻히지 않도록 조심하라는 말도 덧붙였다.

얘기를 들은 일행은 고개를 갸웃거렸다.

마지일이 물었다.

"두 구멍 모두 탈출로가 아니라고? 그럼 왜 그 방으로 가야 되지?"

"아래쪽 구멍이 탈출로요. 그리로 뛰어내리시오."

제갈윤이 황당하다는 얼굴로 끼어들었다.

"바닥이 없다면서 그리로 뛰어내리라니? 우리를 몽땅 죽이려는 속셈이냐?"

그런데 무명의 다음 말에 일행은 깜짝 놀랐다.

"나 역시 그곳으로 뛰어내려서 탈출했소."

"……!"

"탈출로로 보이는 위쪽 구멍은 속임수고, 바닥이 없어 보이는 아래쪽 구멍이 진짜 탈출로요. 세상 만물은 눈에 보이는 것과 다르다는 뜻이오."

"색즉시공 공즉시색이군."

불문에 몸을 담은 진문은 무명의 말을 금방 이해한 것 같았다.

제갈윤이 재차 반문했다.

"그곳으로 잠행했으면 이 고생을 안 해도 됐을 것 아니냐?"

"그 구멍은 떨어지기만 할 수 있을 뿐 거꾸로 올라가는 것은 불가능하오. 내려가 보면 알 수 있을 거요."

"흐음……."

"구멍을 내려가서 계단을 올라가면 황궁의 내 처소요. 뚜껑을 열면 침상 밑일 것이오."

"살다 보니 환관 방에 다 들어가 보겠군."

정영이 물었다.

"지금 궁녀들이 통로를 돌아다니는데 그 방까지 어떻게 가오?"

"한 가지 방법이 있소."

무명이 차가운 목소리로 대답했다.

"누구 한 명이 미끼가 되는 것이오."

"방법은 하나요."

무명이 냉랭한 목소리로 말했다. 그러나 그가 말한 내용은 더욱 냉혹한 것이었다.

"모두 흩어져서 궁녀들을 따돌리는 것이오. 궁녀들이 누구 한 명을 쫓아가면 그사이에 다른 자들이 탈출할 수 있소."

정영이 눈썹을 찡그리며 물었다.

"그럼 궁녀들에게 쫓기는 자는 어떻게 탈출하면 되오?"

무명은 잠깐 침음하다가 고개를 저으며 대답했다.

"그건 나도 모르겠소."

"뭐요?"

"이대로 전멸할 수는 없지 않소?"

"말도 안 되는 소리! 모두 살아서 가야 하오!"

정영이 목소리를 높였다. 하지만 무명은 그녀를 빤히 바라볼 뿐 대답을 하지 않았다.

마지일이 광소를 터뜨렸다.

"한 명이 미끼가 되고 다른 자들은 탈출한다? 좋은 작전이군. 자신이 미끼가 되지 않는 이상 말이지, 하하하하!"

제갈윤이 손을 들며 말했다.

"나도 찬성이다. 어차피 잠행에서는 희생자가 나오게 마련이지."

이어서 그는 일행을 둘러보더니 입꼬리를 올리며 씨익 웃었다.

"그렇다면 실력으로 희생자를 정해야겠지. 이 중에서 발이 가장 느린 자가 자동으로 미끼가 되겠군. 무명, 이번 작전만큼은 칭찬해 주지."

제갈윤은 망자에게 발목을 물려서 다쳤으면서도 자신만만했다.

실은 그가 자신만만한 이유는 따로 있었다. 그는 내심 무공을 모르는 무명이 궁녀들에게 쫓기리라고 여기고 있었던 것이다.

마지일과 제갈윤이 찬성을 표했다.

정영이 난감해하며 진문에게 고개를 돌렸다.

그러나 진문은 그녀의 기대를 저버렸다.

"나도 찬성이오."

"당신까지?"

"누군가를 미끼로 만드는 것은 살생을 금하라는 불가의 계율에 어긋나오. 그자는 아마 죽을 테니까."

"그런데 왜 찬성하는 거요?"

"여기서 모두 죽는다면 이번 잠행은 시작하지 않은 것만도 못하오. 한 명이라도 탈출해서 망자비서를 무림맹에 전해야 하오. 아미타불."

"……."

정영은 할 말을 잃고 침묵했다.

잠시 후, 그녀가 마음을 다잡았는지 입을 열었다.

"알았소. 명을 따르겠소."

무명이 작전을 설명했다.

"지금부터 각자 다른 길로 흩어지시오. 통로를 어떻게 돌든, 같은 곳을 왕복하든 상관없소. 하지만 명심하시오. 궁녀들과 마주치면 싸우기보다는 도망쳐야 하오."

"청일의 눈을 어지럽히려는 것이군."

"맞소. 그러다가 밥 한 끼 먹을 시간이 지나면 약방을 찾아오시오."

정영이 끼어들며 물었다.

"약방을 쉽게 못 찾으면?"

그 말에 무명이 아니라 마지일이 대답했다.

"길을 잃고 헤매면 자동으로 미끼가 되는 거지. 그자가 헤매면 헤맬수록 일행은 망자를 피하기 쉬워지니 돌 하나로 새두 마리를 잡는 격이 아닌가? 하하하하!"

"……."

무명이 갑자기 진문에게 다가갔다. 그리고 그가 어깨에 메고 있는 문사의 품을 뒤졌다.

"이건 내가 갖고 있겠소."

무명이 꺼낸 것은 망자비서로 보이는 서책이었다.

제갈윤이 날카롭게 소리쳤다.

"흥, 본색을 드러내는 것이냐? 네놈이 망자비서를 독차지하고 혼자 도망치려고……."

하지만 무명의 대답에 제갈윤은 입을 다물고 말았다.

"무당삼검 청일은 나를 죽여서 복수하려고 하오. 동시에 망자비서도 노리고 있을 것이오. 애초에 나와 싸우게 된 것도 망자비서 때문이었으니까."

"으음……."

"즉 망자비서를 가진 자가 청일의 미끼가 될 가능성이 가장 높소. 이곳 통로를 잘 아는 내가 망자비서를 갖고 도망치겠소. 정 반대하겠다면 당신이 갖고 있으시오."

무명이 서책을 제갈윤에게 내밀었다.

제갈윤은 서책을 받지 못하고 주저했다. 그러다가 두 팔을 펼치며 말했다.

"알았다, 알았어. 통로를 잘 아는 자에게 중책을 맡기지."

그는 망자비서를 무명에게 일임한다는 듯 고개를 끄덕였다. 하지만 일행은 그가 청일에게 쫓기게 될까 봐 핑계를 댄다는 것을 잘 알았다.

"그럼 모두 복운을 빌겠소."

무명이 말했다.

"밥 한 끼 먹을 시간이 지난 뒤 약방에서 봅시다."

그가 통로 하나를 골라서 뛰어 들어갔다.

일행 네 명도 각자 다른 통로 속으로 몸을 날렸다.

벽면에 난 구멍에서 기름방울이 흘러내리고 있었다.

기름은 길게 이어진 홈을 타고 탁자에 놓인 종지로 똑똑 떨어졌다. 종지에서 타오르는 기름불이 약방을 밝혔다.

하지만 기름불은 약방을 환하게 밝히기에는 터무니없이 작았다.

그 어두컴컴한 약방에 인영(人影) 하나가 나타났다.

인영은 발소리가 나지 않게 조심해서 걸음을 옮겼다. 그리고 둘로 쪼개진 약장 너머에 있는 통로로 나가려 했다.

그때였다.

약방 구석진 곳에 있는 그림자 속에서 또 하나의 인영이 스 윽 모습을 드러냈다.

그가 막 약장을 나가려는 자에게 말했다.

"이번 작전은 밥 한 끼 먹을 시간 동안 도망치는 것으로 알고 있다."

"……."

"그런데 아직 차 한 잔 마실 시간도 안 지났군."

그림자 속에서 나온 자가 검지를 들어 상대를 가리켰다.

"망자들을 따돌리자고 하더니, 실은 모두를 배신하고 혼자 도망치려는 수작이었냐?"

"……."

"그것 참 대단한 심계로군! 네놈의 세 치 혀에 몽땅 속아 넘어갔으니 말이다, 하하하하!"

상대를 추궁하며 광소를 터뜨리는 자는 바로 마지일이었다.

약장 너머로 발을 옮기던 자가 뒤로 몸을 돌렸다.

그는 다름 아닌 무명이었다.

마지일이 계속 웃음을 흘리며 말했다.

"하하하, 내 그럴 줄 알았지. 뭐? 망자비서를 갖고 스스로 미끼가 되겠다고?"

"……."

"네놈이 제법 심계가 뛰어나긴 하다만, 남들이 전부 제갈윤처럼 모자라다고 생각하면 곤란하지."

그 말을 끝으로 마지일의 얼굴에서 웃음기가 싹 사라졌다.

마지일이 냉랭한 목소리로 말했다.

"망자비서를 내놓으시지."

"하나 묻고 싶은 게 있소."

그때까지 침음하고 있던 무명이 담담하게 입을 열었다.

"아직 밥 한 끼 먹을 시간도 지나지 않았다면서 당신은 왜 일찍 온 것이오?"

"몰라서 묻냐? 네놈의 수작을 눈치채고……."

"지금 우리 둘밖에 없지 않소? 농담은 그만두시오."

무명이 마지일의 말을 잘랐다.

"내 수작을 눈치챘다면 작전을 시작하기 전에 미리 말했으면 되지 않소?"

"……."

"일부러 작전에 동의하는 듯이 잠자코 있다가 약방에 미리 와서 나를 기다린 것은 다른 속셈이 있어서가 아니오?"

이번에는 마지일이 침음한 채 입을 다물었다.

"대답이 없으니 내가 말해주겠소. 당신은 나를 쓰러뜨리고 망자비서를 챙겨서 혼자 달아날 생각이오. 그렇지 않소?"

"역시 네놈은 속일 수 없군."

마지일이 씨익 웃으며 무명의 말을 긍정했다.

"그래서 뭐? 망자비서가 네놈 것도 아니잖아?"

"내 것이라고 한 적 없소. 망자비서는 무림맹의 것이오."

"그건 아니지. 서생 놈이라 그런지 강호의 법칙을 모르는군."

"강호의 법칙? 그게 뭔지 좀 가르쳐 주시오."

"강호의 법칙은 이런 거다."

스릉! 마지일이 검을 뽑아 들었다.

"강자가 모든 것을 차지한다. 알겠냐? 하하하하!"

마지일이 재차 광소를 터뜨렸다. 그러나 무명은 눈썹 하나 일그러뜨리지 않고 담담했다.

"나는 검은커녕 무기 하나 없소. 무공 또한 모르오. 그런데 검을 겨누시겠다?"

"못 들었냐? 이게 강호의 법칙이다. 무언가를 얻고 싶으면 싸워서 빼앗는 거지."

"좋소. 그럼 당신은 뭘 얻고 싶으시오?"

"당연히 망자비서다."

"그게 전부가 아닐 텐데?"

무표정하기만 하던 무명이 싸늘하게 냉소하며 말했다.

"만련영생교한테 망자비서를 넘기고 무엇을 받기로 약조했소?"

"……!"

마지일이 입을 딱 벌리며 멈칫했다. 얼마나 놀랐는지, 무명을 겨누고 있는 검 끝이 아래로 축 늘어지며 내려갔다.

그가 잠시 무명을 멍하니 쳐다보다가 말했다.

"대체 그걸 어떻게 알았지?"

"나는 이강과 함께 도박장에 갔다가 만련영생교에게 납치당했소. 그때 나를 점혈한 자는 만련영생교의 수하가 아니라 당신이었소. 안 그렇소?"

"어떻게 알았냐고!"

마지일이 버럭 소리를 질렀다.

무명이 대답했다.

"도박장에서 나를 점혈하던 자와 문사를 점혈하던 당신의 수법이 동일했소."

"그건 증거가 안 돼! 혈도를 점혈하는 수법은 전진교 말고도 구대문파와 오대세가가 모두 하나씩은 갖고 있지. 내가 검지로 점혈한 수법은 가장 평범한 것이었다."

"잘 아는군. 실은 증거는 따로 있소."

"그게 뭐냐?"

마지일의 눈빛이 차갑게 가라앉았다. 그는 자신의 정체가 드러나자 무명에게 패배감을 느끼고 분노를 참을 수 없었던 것이다.

"배에서 있었던 일을 기억하시오?"

무명이 만련영생교에게 납치당하던 때의 일을 얘기하기 시작했다.

"나는 도박장에서 만련영생교의 수하에게 납치당했소."

그때 흑의인 한 명이 무명의 마혈을 점혈했다. 이어서 동료로 보이는 두 명이 나타나 무명을 자루로 뒤집어씌우고 어디론가 데려갔다.

시간이 흘러서 무명이 정신을 차린 장소는 배 안이었다.

"만련영생교는 내가 깨어나자 망자비서가 어디 있는지 물었소. 나는 망자비서가 있는 장소가 표시된 지도를 줄 수밖에 없었소."

무명이 준 것은 망자비서 지도가 아니라 서고의 지도였다.

그 사실을 모르는 흑의인들은 오랫동안 찾아다닌 보물을 얻은 것처럼 기뻐했다.

무명이 세작을 찾아내기로 결심한 것은 그때였다.

"내가 망자비서를 찾고 있다는 사실을 아는 자는 그리 많지 않소. 즉 무림맹에 세작이 있다는 뜻이었지. 바로 당신이오."

"…내가 세작인 줄은 어떻게 알았냐?"

"간단하오. 한 가지 속임수를 썼소."

"속임수?"

"그때 내가 손을 헛짚으며 무언가를 떨어뜨렸던 것 기억하시오?"

"무림패……!"

"그렇소. 내가 무림패를 떨어뜨린 것은 일부러 한 짓이오."

무명이 자신의 추리를 설명했다.

"흑의인들은 지도에 정신이 팔려서 무림패는 거들떠보지 않았소. 하지만 딱 한 명이 눈빛을 반짝거리며 관심을 표했지."

"……."

"내 속임수에 당신이 실수한 것이오."

"교활하기 짝이 없는 놈이군."

"피차 남 말 할 사정이 아닐 텐데?"

무명이 차갑게 냉소하며 말을 이었다.

"일단 만련영생교의 세작은 찾아냈소. 다음으로 그가 누군지 밝혀낼 차례가 남았소."

"무림맹이 아무리 세가 약해졌다고 해도 인물이 하나둘이 아닐 텐데 어떻게 내 정체를 알아낸 거지?"

"그건 당신 생각이지. 나를 아는 인물은 몇 안 되오."

"그게 누구냐?"

"당시 내 존재를 아는 무림맹의 인물은 소림사 방장, 제갈세가 일공자, 창천칠조가 전부였소. 모두 아홉 명이오. 진문과 제갈윤은 빼겠소. 그때는 나를 몰랐으니까."

"……."

"이강 역시 세작 후보로 넣지 않겠소. 그는 악행을 저질러도 숨기지 않소. 우리 같은 세작과는 다르지."

"빌어먹을."

"나는 그들 중에서 세작이 아닌 자들을 하나씩 제거했소."

무명이 두 손바닥을 활짝 펼쳤다. 그리고 세작이 아닌 인물을 말하면서 손가락을 하나씩 접어나갔다.

"무림맹의 몇 안 남은 원로인 소림 방장과 제갈공자가 스스로 무림맹을 배신할 리는 없소."

무명이 손가락을 둘 접었다.

"악척산도 죽었으니 제외하겠소."

그가 계속해서 손가락 하나를 접었다.

"흑의인은 복면을 쓰고 있었지만 절대 여인의 눈매는 아니었소. 송연화, 남궁유, 정영도 제외요."

그가 한꺼번에 손가락 세 개를 접었다.

"당호도 제외하겠소. 그는 키가 작은데, 흑의인은 키가 딱 당신만큼 컸거든."

손가락 하나가 더 접혔다.

이제 아홉 개의 손가락에서 접히지 않은 것은 단지 두 개뿐이었다.

"남은 세작 후보는 장청과 당신이오."

"그럼 나 말고 장청도 의심했었나?"

"아니오. 만련영생교의 세작은 바로 당신이었소. 당신의 실수로 증거가 노출됐기 때문이지."

"개같은 소리! 내가 실수를 저질렀을 리 없……."

"당신이 뭘 실수했는지 말해주지."

무명이 천천히 검지를 들며 냉랭한 목소리로 말했다.

"당신은 결정적인 실수를 저질렀소. 덕분에 나는 증거를 찾을 수 있었지."

"개소리 마라!"

"이래도 발뺌하시겠소?"

무명이 검지로 어딘가를 가리켰다.

마지일이 그의 검지를 따라 시선을 옮겼다. 그러다가 멍한 얼굴로 고개를 들었다.

"설마 이게 증거였다고?"

"그렇소. 증거는 바로 당신 신발이오."

무명의 검지는 마지일의 신발을 가리키고 있었다.

"만련영생교의 신도들은 전신에 흑의를 걸친 것도 모자라 검은 복면까지 쓰고 있었소. 때문에 겉으로는 누가 누군지 구분할 수 없었소. 하지만 당신은 예외였소."

"……."

"이제야 기억하시는군. 그때 당신은 신발 뒤축을 접어서 신고 있었지."

"그것까지 보고 있었단 말이냐?"

"두 눈이 멀쩡한데 못 볼 것도 없지 않소?"

마지일은 자기도 모르게 침을 꿀꺽 삼켰다. 무명의 말이 스스로도 깨닫지 못하던 실수를 정확히 지적했기 때문이었다.

"당신은 백의를 즐겨 입소. 만련영생교의 흑의와는 정반대되는 색깔이오."

무명이 냉소하며 말을 이었다.

"백의와 백건은 모두 감출 수 있소. 흑의와 흑건을 위에 겹쳐 입으면 되니까. 하지만 한 가지 겹쳐 입을 수 없는 것이 있소."

"신발이군……."

"그렇소."

무명이 한 걸음 앞으로 걸어 나왔다. 마지일에게 다가가려는 것이 아니라 자신의 신발을 보이기 위해서였다.

그가 신고 있는 신발은 투박한 흑색이었다.

"강호인은 보통 흑색 신발을 신소. 돌아다닐 곳이 많아서 쉽게 때를 타기 때문이오. 반면 당신은 평소 신발까지 의복 색과 맞게 흰색을 고집했지."

"……."

"당신은 정체가 들통나면 안 되었소. 해서 만련영생교의 수하에게 급하게 흑의를 빌려 입고 복면을 썼소. 하지만 문제가 있었소. 신발이 턱없이 작았던 것이오."

"……."

"말했듯이 신발은 겹쳐 신는 게 불가능하오. 때문에 당신은 뒤꿈치를 접어서 신을 수밖에 없었지."

무명이 싸늘한 웃음소리를 흘리며 말했다.

그러나 마지일은 입을 꾹 다문 채 듣기만 했다. 별것 아닌 듯 생각했던 사소한 행동이 큰 실수였다는 것을 깨닫고 충격을 받았기 때문이었다.

"무림패를 보고 눈빛이 변한 자, 급하게 변복하고 흑의인으로 행세한 자, 무림맹을 배신하고 만련영생교에 정보를 판 자. 그런 자는 한 명밖에 없소."

척! 무명이 검지를 들어 마지일의 면상을 가리켰다.

"바로 마지일 당신이오."

무명의 추리가 모두 끝났다.

어두운 약방 안에 무거운 침묵이 흘렀다.

어디선가 희미한 소리가 들려왔다. 똑똑똑. 기름방울이 종지에 떨어지는 소리였다.

그러나 기름불 말고도 약방을 밝히는 빛이 있었다.

활활 이글거리고 있는 무명과 마지일의 눈동자 네 개였다.

마지일이 침묵을 깨고 입을 열었다.

"대단하군. 당나라 때의 명판관 적인걸에 못지않은 추리였다."

"과찬이오. 그저 당신이 형편없이 모자란 세작이었을 뿐이오."

무명의 말을 들은 마지일의 얼굴은 부글부글 끓는 화로를 연상케 했다.

하지만 무명은 심드렁한 표정으로 말을 이었다.

"한 가지 궁금한 게 있소."

"뭐냐?"

"항상 백의 차림에 백건을 쓰고 눈처럼 흰 신발을 신고 다니는 이유가 무엇이오?"

"그건……,"

"아, 내가 맞춰보겠소. 전진교 도사라는 지위를 이용해서 여인들을 꼬시기 위해서겠지."

"네놈……."

"아니면 보통 방법으로는 여인의 환심을 사지 못하는 몸이라 잘 차려입고 다니는 건가? 생각해 보니 후자가 맞겠군."

"이 개자식이……."

무명이 말을 자르면서까지 희롱하자 마지일은 전신을 부르르 떨며 분노했다.

그런데 마지일이 피식 웃더니 뜻밖의 말을 꺼내는 것이었다.

"좋다. 한데 만련영생교가 원한 게 망자비서가 아니라 다른 거라는 사실은 알고 있냐?"

무명은 내심 깜짝 놀랐다. 하지만 겉으로 드러내지 않은 채 생각했다.

'망자비서를 원하는 게 아니라고?'

마지일이 거짓말을 하는 것 같지는 않았다.

무명이 짐짓 태연한 척하며 물었다.

"그게 무엇이오?"

"말하기 싫은데? 명판관인 네놈이 직접 맞춰봐라."

마지일은 역습을 가했다고 생각하는지 다시 의기양양해졌다.

"만련영생교는 그것을 구해 오면 내게 망자비서를 주겠다고 했지. 하지만 사정이 바뀌었다. 네놈한테서 망자비서를 빼앗은 뒤 여기서 탈출하면 놈들을 다시 볼 일은 없으니까."

"이제 보니 만련영생교와 한 약조도 지키지 않을 생각이었
군."

"당연하지! 망자비서만 있으면 중원이 전진교의 손아귀에
넘어올 텐데 그깟 미친놈들을 왜 상대하냐? 하하하하!"

마지일이 고개를 치켜들고 광소를 터뜨렸다.

무명은 팔짱을 낀 채 그의 웃음소리를 들었다. 한참을 웃
어젖히던 마지일이 갑자기 정색을 하며 말했다.

"그런데 네놈의 잘난 추리 덕분에 바뀐 사정이 하나 더 있
다."

"무엇이오?"

"내 정체를 안 이상 네놈을 살려둘 수 없게 되었다는 거다.
네놈이 스스로 죽음을 자초한 줄 알아라."

마지일이 다시 검 끝을 들어 올려서 무명을 겨누었다.

갑자기 무명이 광소를 터뜨리기 시작했다.

"하하하하… 으하하하하하!"

"뭐가 그리 우습지?"

마지일이 양미간을 찌푸리며 물었다. 하지만 무명은 한참
동안 웃음을 멈추지 않았다.

"하하하하하!"

"뭐가 그렇게 우습냐고!"

"어차피 당신이 나를 죽이지 않아도 이 지옥에 남으면 죽든
지 망자가 되든지 둘 중 하나요. 그런데 이제 와서 걱정해 주

니 몸 둘 바를 모르겠소, 하하하하!"

"네놈이 스스로 명줄을 재촉하는구나!"

쉬익!

마지일이 무명을 향해 검지를 날렸다. 도박장에서 무명을, 이 층 전각에서 문사를 점혈했던 그 수법이었다.

그때 무명은 이미 약장 너머로 몸을 돌려 숨은 뒤였다. 그가 웃던 것은 시간을 벌려던 것이었다.

하지만 무명이 미처 짐작하지 못한 것이 있었다.

"무공을 모르는 서생 따위가 감히 전진교와 맞서려 해? 가소롭기 짝이 없구나!"

마지일의 소매 속에서 무언가가 화살처럼 튀어나왔다.

스팟! 물건은 약장의 나무판을 그대로 꿰뚫고 통과했다. 퍽! 그리고 뒤에 있는 무명에게 날아가 적중했다.

"크윽!"

무명이 외마디 비명을 토하며 발을 멈췄다.

순식간에 몸이 뻣뻣하게 굳었다. 사지를 꼼짝 못 하게 된 무명이 눈동자를 아래로 내려서 물건을 봤다.

마지일이 던진 물건은 살이 강철로 된 부채, 철선(鐵扇)이었다.

무명이 알고 있는 마지일의 점혈 수법은 전광석화처럼 몸을 날려서 검지로 적의 요혈을 짚는 것이었다. 그러나 설마 철선을 날려서 혈도를 맞추는 것으로 점혈을 성공시킬 줄은 꿈에도 몰랐던 것이다.

게다가 철선은 약장을 뚫은 뒤에도 조금도 기세가 죽지 않았으니…….

강호 일류 고수의 무위가 어느 정도인지 무명은 새삼 실감하지 않을 수 없었다.

마지일이 무명에게 다가갔다.

"뭘 그렇게 노려보지? 내가 아까 말한 것 잊었냐?"

"……."

"강호는 말야. 강자는 먹고 약자는 먹히는 곳이다."

마지일이 무명의 품을 뒤져서 서책을 꺼냈다. 마혈을 점혈당한 무명은 그가 서책을 가져가는 것을 지켜볼 수밖에 없었다.

"하하하하! 망자비서가 전진교의 손에 들어올 줄 누가 알았겠느냐? 하하하하하!"

마지일은 무명에게 복수하는 것처럼 오랫동안 광소를 터뜨렸다.

곧 웃음을 멈춘 마지일이 천천히 검을 치켜들었다.

"내 너의 목을 베서 자비를 베풀어주지. 망자가 되어서 구천지하를 떠도는 것보다는 깨끗이 죽는 편이 나을 테니까."

마지일이 천천히 검을 치켜들었다. 그의 얼굴은 승리감에 도취되어 있었다.

그런데 무언가 이상했다.

당장 목이 떨어질 위기에 처한 무명의 눈빛이 공포에 질리기는커녕 명경지수(明鏡止水)처럼 태연하기만 한 것이 아닌가?

그때였다.

쉬이이익!

어둠 속에서 무언가가 마지일을 향해 날아왔다.

"어떤 놈이냐?"

마지일이 검을 휘둘러서 날아오는 물건을 내려쳤다.

까앙! 엄청난 굉음이 약방에 울려 퍼졌다.

"크윽!"

마지일이 신음을 흘리며 몸을 비틀거렸다. 그는 세 걸음을 뒤로 물러난 뒤에야 간신히 몸을 추스르고 바로 설 수 있었다.

고개를 내리던 마지일은 물건의 정체를 깨닫고 경악했다.

"단봉?"

마지일에게 날아온 물건은 다름 아닌 진문의 무기인 단봉이었다.

하지만 그가 놀란 것은 무기의 정체 때문이 아니었다.

"강철로 된 단봉이었군."

마지일이 입술을 꽉 깨물며 중얼거렸다.

그랬다. 진문의 단봉은 나무속에 쇳물을 부어서 만든 것이었다. 검과 단봉이 충돌하자 귀청을 찌르는 굉음이 터졌던 것은 그 때문이었다.

"제기랄!"

마지일은 왼손에 든 서책을 급하게 품에 찔러 넣었다. 그리고 오른손에 든 검을 왼손에 바꿔 들었다. 강철 단봉인 줄 모르고 내려치는 바람에 오른손에 충격을 받은 것이었다.

게다가 단봉은 소림승 진문이 평생 수련한 십성 공력이 담겨 있었으니…….

통로 멀리 어둠 속에서 진문이 달려오며 소리쳤다.

"아미타불!"

쩌러러렁!

약방이 굉음으로 뒤흔들렸다. 진문의 일갈은 귀청을 찌르는 것을 넘어서 머릿속이 웅웅 울릴 만큼 엄청났다.

마지일은 잔머리를 굴리며 지금 상황을 계산했다.

그의 오른팔은 학질에 걸린 것처럼 덜덜 떨리고 있었다. 강철 단봉을 친 탓에 아직 마비가 풀리지 않아 자유자재로 움직이기 힘들었다.

그런 상태로 소림승 진문을 상대한다?

손의 마비가 풀리면 일대일로 진문과 싸우는 것은 어렵지 않을 것이다.

하지만 정영은? 소림사와 점창파가 합공을 펼치면 혼자서 버텨낼 수 있을까?

'그건 무리지.'

마지일은 고개를 저으며 생각했다.

'게다가 제갈윤 놈까지 있다.'

원래라면 제갈윤은 적으로 맞서기보다 한패로 만들 수 있었을 것이다. 그러나 망자비서를 독차지하려는 계획이 들통난 이상, 제갈윤이 자신의 편을 들어주리라고 기대할 수는 없었다.

마지일이 계산을 끝냈다.

'어차피 망자비서는 손에 넣었다. 도망치자.'

그는 검을 검집에 꽂은 뒤 품에서 어떤 물건을 꺼냈다.

점혈당해서 꼼짝 못 하는 무명은 시선을 돌리다가 눈빛이 냉랭해졌다. 마지일이 꺼낸 물건은 다름 아닌 당호가 갖고 온 벽력당의 폭뢰였던 것이다.

마지일이 무명의 시선을 눈치채고 말했다.

"뭘 그렇게 놀라지? 아하, 이게 왜 나한테 있는지 영문을 모르겠다는 거냐?"

"……."

"괴물 입속에서 당호가 혁낭을 뒤엎는 바람에 폭뢰가 몽땅 핏물 속으로 떨어졌지. 그때 벽력탄 하나가 둥둥 떠오르길래 챙겨두었다."

마지일이 이번에는 화섭자를 꺼냈다.

"손자가 그랬나? 유비무환이라고! 하하하하!"

그러는 사이 진문이 달려오는 발소리가 들렸다.

쿵쿵쿵쿵!

하지만 시간이 없었다.

마지일이 벽력탄을 들어서 무명의 얼굴에 바싹 갖다 대며 말했다.

"사내놈이 굵고 짧게 살아야지. 안 그래?"

그는 엄지와 검지로 벽력탄의 심지를 잘라냈다. 뚝. 벽력탄에 길게 늘어졌던 심지는 이제 손가락 하나 길이만도 못하게 짧아져 버렸다.

마지일이 화섭자를 심지에 대고 불어서 불을 붙였다.

"하하하하! 내가 망자비서를 손에 넣다니!"

그가 무명의 발밑에다 벽력탄을 휙 던졌다. 그리고 약장 너머의 통로로 뛰어들었다.

"종남산에 돌아가면 전진교의 이름으로 무명 네놈에게 성대하게 제사를 지내주마! 덕분에 전진교가 다시 중원을 제패할 힘을 갖추었으니, 그야말로 사문의 은인이 아니겠느냐? 하하하하하……."

마지일의 광소가 메아리처럼 울려 퍼지다가 사라졌다.

치지지직……. 손가락만 하던 심지가 손톱만큼 짧아지고 있었다.

그때 진문이 약방에 도착했다.

그는 꼼짝 못 한 채 서 있는 무명과 불꽃을 튀기고 있는 벽력탄을 번갈아 보고는 단번에 어떤 상황인지 알아차렸다.

진문이 무명의 허리를 안고 번쩍 들어 올렸다. 이미 문사를 둘러메고 있는 그는 다른 쪽 어깨에 무명을 올렸다.

"흐아아압!"

치지지직…….

진문은 무명을 번쩍 들어서 어깨에 올린 다음 뛰기 시작했다. 무명과 문사 두 명을 둘러멨지만 그는 바람처럼 앞으로 질주했다.

벽력탄이 굉음을 터뜨리며 폭발했다.

콰콰콰콰쾅!

순간 성인 두 명을 양쪽 어깨에 둘러멘 진문이 땅을 박차고 몸을 날렸다. 그리고 무명과 문사를 바닥에 내던지며 통로 속으로 몸을 던졌다.

우르르르!

통로는 지진이 난 듯이 진동하며 뒤흔들렸다.

휘이이잉! 곧 엄청난 바람이 통로 속을 훑고 지나갔다. 그리고 자욱한 흙먼지가 비좁은 통로를 뒤덮었다.

잠시 후, 천지를 뒤흔들던 진동이 간신히 멈추었다.

진문이 가사에 잔뜩 묻은 흙먼지를 털며 몸을 일으켰다.

그가 검지를 뻗어 무명을 점혈했다. 마혈이 짚였던 무명은 그제야 뻣뻣하던 몸이 정상으로 돌아오는 것을 느꼈다.

"크윽, 쿨럭쿨럭!"

막 점혈이 풀린 무명은 숨을 들이쉬다가 흙먼지를 마시고 기침을 했다.

진문이 이어서 문사도 점혈을 풀어줬다. 문사는 한참 동안 몸이 굳어 있어서인지 잠깐 멍을 때린 채 자리에서 일어나지 못했다.

기침이 멎은 무명이 뜻 모를 말을 중얼거렸다.

"유비무환은 춘추좌전에 나온 말이지."

마지일은 당호의 혁낭에서 떨어진 벽력탄을 주운 일을 두고 '유비무환'이라고 말했다.

그러나 유비무환은 손자병법이 아니라 춘추좌전에 나오는 말이었다.

무명은 그 사실을 꺼내며 마지일을 비웃은 것이었다.

물론 진문이 그런 사정을 알 리 없었다.

"무슨 말이오?"

"아무것도 아니오."

그때였다.

통로 멀리에서 정영과 제갈윤이 달려왔다.

둘은 깜짝 놀란 얼굴로 물었다.

"대체 무슨 소리요? 꼭 벽력탄이 터지는 소리 같던데?"

"쿨럭! 먼지가 왜 이리 자욱하냐? 또 무슨 사고를 친 것이냐?"

하지만 무명의 얼굴은 태연하기만 했다.

그가 먼지를 털고 몸을 일으키며 말했다.

"진문, 늦었군. 차 한 잔 마실 시간이 지나면 오라고 말했소만?"

실은 일행이 각자 다른 통로로 흩어졌을 때였다.

무명은 슬쩍 진문에게 전음을 날렸었다.

[밥 한 끼 먹을 시간이 아니라 차 한 잔 마실 시간이 지나면 약방으로 오시오.]

[나만? 무엇 때문에?]

[그때가 되면 이유를 알게 될 거요.]

진문은 무명의 말대로 정영과 제갈윤보다 일찍 약방을 찾아왔다.

그리고 마지일이 무명에게 검을 겨누는 것을 보고 단봉을 날려서 그를 구했던 것이었다.

무명이 진문을 다그치듯이 말했다.

"목숨을 구해줘서 고맙소. 하지만 너무 아슬아슬하게 온 것 아니오?"

"소림사에서는 차 한 잔을 마셔도 시간을 들여서 천천히 즐긴다오."

"앞으로는 좀 더 빨리 다녔으면 좋겠군."

"명심하지."

둘은 담담한 표정으로 대화를 주고받았다.

무슨 영문인지 모르는 정영과 제갈윤에게는 마치 두 명의 고승이 선문답을 나누는 것처럼 보였다.

　정영이 답답한 얼굴로 물었다.

　"대체 무슨 일이오? 말 좀 해보시오."

　진문이 대답했다.

　"마지일이 일행을 배신하고 혼자 도망쳤소. 또한 도망치면서 폭뢰를 터뜨렸소."

　"……!"

　그제야 사정을 알아차린 정영과 제갈윤이 입을 딱 벌렸다.

　"마지일이 도망쳤군! 내 그럴 줄 알았다. 명망도 없는 전진교의 도사 놈이 오죽할까!"

　제갈윤이 빈정거리며 소리쳤다.

　그는 자신이 마지일과 가장 친분이 있던 사실을 그새 잊어먹은 것 같았다.

　정영이 믿을 수 없다는 얼굴로 말했다.

　"전진교가 구대문파에 속하지는 않아도 마지일은 엄연히 창천칠조의 일원이오. 그가 무림맹을 배신할 리 없소."

　그런데 무명의 다음 말이 다시 한번 일행을 놀라게 했다.

　"마지일은 만련영생교의 세작이오."

　"뭐라고? 그게 정말이오?"

　"그렇소. 그는 잠행을 시작하면서 이미 배신할 마음을 먹고 있었소."

무명이 마지일과 관련된 일을 하나씩 설명했다.

도박장에서 무명을 납치했던 일, 만련영생교의 신도로 분장한 일, 그 모든 것을 속인 채 잠행조에 들어왔던 일 등등.

정영과 제갈윤은 물론 진문조차 마지일의 치밀한 행각에 혀를 내둘렀다.

진문이 물었다.

"마지일의 정체를 알면서 왜 진작 말하지 않은 것이오?"

"만련영생교는 환관인 나를 납치했소. 그들의 배후를 캐기 위해 마지일을 역이용할 생각이었소."

제갈윤이 끼어들며 말했다.

"하지만 그 전에 보기 좋게 배신당하고 말았다, 이런 얘기냐?"

"굳이 따지자면 그렇소."

"쳇, 여전히 말은 잘하는군."

정영이 척사검을 뽑으며 말했다.

"이러고 있을 때가 아니오. 빨리 마지일을 추격해야 하오."

그녀가 흙먼지를 뚫고 약방으로 이어진 통로로 들어갔다.

하지만 무명과 진문은 서로 눈길을 마주친 뒤 고개를 흔들었다.

아니나 다를까, 정영은 채 십여 장도 나가지 못하고 다시 몸을 돌려야 했다.

"통로가 막혔소! 약방이 완전히 무너져서 돌 더미 천지요!"

"……."

무명과 진문은 말없이 어깨를 으쓱했다.

둘은 마지일이 벽력탄을 터뜨린 게 길을 막기 위해서라는 사실을 이미 알고 있었다.

자기 혼자만 불가의 방으로 도망치고 추적받을 여지를 없애기 위해서…….

제갈윤이 무언가가 생각났는지 물었다.

"망자비서는 어디 있느냐? 설마 마지일 놈한테 빼앗긴 것은……."

"마지일이 나를 점혈하고 서책을 가져갔소."

"무엇이?"

제갈윤이 두 눈을 부릅뜨면서 펄펄 날뛰었다.

"하나 있는 탈출로가 막혔는데 망자비서까지 놈한테 빼앗겼다고? 네놈은 대체 몇 번이나 실수를 저질러야 만족할 것이냐? 그야말로 죽 쒀서 개 준 꼴이 아니고 무엇이냐!"

그런데 무명의 대답이 어딘가 이상했다.

"마지일이 스스로 배신자임을 드러내게 만든 것은 생각대로였소. 단지 탈출로가 막힐 줄은 계산하지 못했소. 작전의 절반이 실패한 것은 분명 내 실수요."

"그게 작전이었다고? 탈출로가 막혔는데?"

"그렇소. 시간을 벌기 위한 작전이오."

그 말에 제갈윤, 정영, 진문이 서로의 얼굴을 쳐다봤다.

무명의 말이 무슨 뜻인지 도무지 이해할 수 없었던 것이다.

진문이 물었다.

"시간을 벌다니, 무슨 뜻이오?"

"말 그대로요. 우리는 궁녀들을 피해 도망칠 여유가 생겼소."

"어떻게?"

이어지는 무명의 대답에 일행은 경악했다.

"궁녀들이 마지일을 쫓아갈 것이오."

인영 하나가 어두운 통로를 달리고 있었다.

백의를 걸치고 백건을 쓴 것도 모자라 눈처럼 흰 신발을 신은 자.

바로 마지일이었다.

그는 만면에 웃음이 가득했다.

아니, 달리면서도 참지 못하고 연신 웃음을 터뜨렸다.

"하하하하! 강호에 소문만 떠돌던 망자비서가 내 손안에 들어오다니!"

타타탓! 달리는 발걸음이 경쾌했다.

"이제 중원 천하는 내 것이다! 중원의 모든 여인들도 다 내

차지다!"

그는 문득 창천칠조의 여인들이 떠올랐다.

"송연화와 남궁유 같은 경국지색을 그냥 놔둘 수는 없지. 모란꽃은 먼저 따는 사내가 임자인 법."

마지일은 지하 도시를 탈출한 뒤를 궁리하기 시작했다.

"망자비서를 무림맹에 넘기고 신임을 받을까? 그럼 송연화와 남궁유 두 년을 차지하기 쉬워지겠지."

하지만 막 손에 넣은 망자비서를 포기하자니 아까웠다.

"아니다. 일단 전진교를 중원의 최고 명문으로 만들자. 그러면 송연화와 남궁유도 나를 따를 수밖에 없을 터. 혹시 말을 안 들으면 곤륜파와 남궁세가를 무릎 꿇리면 되는 일이니까."

그때였다.

어디선가 괴이한 소리가 들려왔다.

키이이익… 쌔애애액…….

마지일은 깜짝 놀라서 발을 멈췄다.

"망자? 그 궁녀들이 여기까지 왔나?"

스릉. 그는 검을 뽑은 다음 이마에 찬 육안룡을 천으로 감쌌다.

그리고 천의 틈새로 살짝 빠져나오는 빛줄기에 의지해서 통로를 이동했다.

궁녀들이 틀림없었다.

통로가 굽어지는 모퉁이마다 건너편에서 옷자락 스치는 소리가 들렸다.

사락, 사락, 사락.

"빌어먹을. 약방이 무너지는 바람에 궁녀들이 한쪽으로 몰린 모양이군."

그는 입술을 꽉 깨물었다. 하지만 금세 침착함을 되찾았다.

"뭐, 아무래도 상관없다. 궁녀 하나둘쯤은 베어버리고 달리면 되니까."

마지일은 궁녀들의 그림자를 발견하면 재빨리 뒤로 돌아 다른 통로로 들어갔다.

그리고 궁녀들이 지나가기를 기다린 뒤 이동을 재개했다.

마지일의 판단은 정확했다.

그가 있는 곳에서 불가의 방은 지척이었다.

궁녀 하나둘은 마주친다고 해도 목을 벤 다음 달리면 뒤를 붙잡히기 전에 불가의 방에 도착할 수 있었다.

그런데 무언가 이상했다.

시간이 지날수록 마지일이 가는 곳마다 궁녀들의 수가 늘어나 있는 것이 아닌가?

"설마 나를 뒤쫓아 오는 건가? 대체 어떻게?"

잠시 고민하던 마지일은 헛웃음을 터뜨렸다.

"쓸데없는 기우로군. 그럴 리가 없잖아?"

그때였다.

왼쪽 옆구리가 축축한 기분이 들었다.

마지일은 무심코 고개를 내렸다.

눈처럼 흰 그의 의복이 속에서 배어난 핏물로 시뻘겋게 물들어 있었다.

"이게 뭐야?"

그는 어찌 된 일인지 영문을 알 수 없었다.

부상을 당한 적이 없는데 어디서 피가 흘렀다는 말인가?

갑자기 어떤 생각이 들었다.

그가 품에 손을 넣어 무명에게서 빼앗은 서책을 꺼냈다.

서책의 앞은 깨끗했다.

하지만 뒷장을 잡고 있는 손바닥에 축축함이 느껴졌다.

마지일이 천천히 서책을 돌렸다.

…서책 뒷장의 모서리가 피로 범벅이 되어 있었다.

그때 마지일이 있는 통로의 앞뒤에서 괴이한 소리가 들려왔다.

쌔애애애액!

동시에 어둠 속에서 인영 하나가 걸어 나왔다.

"피 냄새가 진동해서 코가 근질거릴 정도로군."

육안룡의 빛줄기가 인영의 얼굴을 비추었다.

인영의 정체를 알아차린 마지일은 입을 딱 벌리며 경악하고 말았다.

무명이 정영에게 말했다.

"점창파의 금창약을 빌릴 수 있겠소?"

"물론이오. 다친 곳이 있소?"

무명이 왼손을 들어 보였다.

그는 옷자락을 찢어서 왼손을 칭칭 동여매고 있었다.

정영이 단단하게 묶인 옷자락을 풀었다.

워낙 꽉 묶었기 때문에 손바닥은 지혈이 되어 있었다.

하지만 상처가 좌우로 심하게 벌어져 있었다.

정영이 금창약을 꺼내 손바닥에 발라주며 물었다.

"척사검로 벤 상처가 아니오? 살짝 금만 그었다고 하지 않았소?"

"일부러 상처를 벌렸소."

"뭐라고? 왜?"

"서책에 피를 묻히기 위해서요."

무명이 대답했다. 일행은 영문을 몰라서 서로의 얼굴만 쳐다봤다.

"마지일이 가져간 서책에 피를 잔뜩 묻혀놨소. 피 냄새를 맡은 궁녀들이 마지일을 쫓아갈 것이오. 즉 우리는 잠시 시간을 벌었소."

"……!"

"그는 급하게 서책을 챙기느라 피에 젖은 줄 모르더군. 진문이 제시간에 와준 것도 도움이 되었소."

제갈윤이 한마디 중얼거렸다.

"망자비서를 손에 넣었으니 기뻐서 살필 생각도 안 했겠지."

정영과 진문이 그 말에 동감하는지 천천히 고개를 끄덕거렸다.

일행 세 명은 잠시 멍하니 무명을 쳐다봤다.

그의 심계가 어이가 없을 만큼 용의주도했기 때문이다.

하지만 무명의 표정과 목소리는 무슨 일이 있었냐는 듯이 담담했다.

"내 생각이 맞다면 마지일은 이미 무당삼검 청일과 궁녀들에게 포위되었을 것이오."

진문이 말했다.

"그자가 붙잡히지 않고 도망쳤을 가능성도 있지 않소?"

"그럴 리는 없소. 나는 약방에서 마지일과 마주친 뒤 일부러 말을 많이 하며 시간을 끌었소. 궁녀들이 피 냄새를 맡고 모여들기에 충분한 시간이었소."

"궁녀 하나둘쯤은 그냥 베어버리고 돌파했다면?"

"청일이 궁녀들을 조종하고 있소. 혼백이 없는 다른 망자들처럼 목을 베고 도망치는 게 쉽지 않을 것이오."

일행은 무명의 설명을 들으면 들을수록 놀라움을 감출 수 없었다.

무림맹과 잠행조를 배신하고 망자비서를 빼앗아 도망친 마지일.

그런데 무명의 얘기를 듣고 있자니 이상한 생각이 들었다.

마치 마지일이 배신을 했다기보다 무명이 망자들을 따돌리기 위해 그를 역이용한 것처럼 느껴졌던 것이다.

3장.

함곡관(函谷關)의 다리

어둠 속에서 인영 하나가 걸어 나왔다.

마지일은 인영의 얼굴을 보고 침을 꿀꺽 삼켰다.

인영의 몰골은 끔찍했다. 얼굴 한쪽이 심한 화상을 입어 살가죽이 뜯겨져 나가 있었다. 한쪽 눈썹이 통째로 없어진 것은 물론, 입술 근처까지 피부가 벗겨져서 시뻘건 생살이 드러나 있었다.

하지만 그의 얼굴에서는 피가 한 방울도 흐르지 않았다. 또한 화상을 입은 부분 말고 다른 곳은 창백하리만큼 핏기가 없었다.

불에 타서 심한 화상을 입고 죽은 자.

그러나 망자가 되어 부활해서 구천지하를 배회하는 자.

인영은 바로 무당삼검 청일이었다.

청일이 입을 열었다.

"당신은 누구지?"

그의 목소리는 뜻밖에도 친절하고 부드러웠다. 무당삼검 청일은 생전에 정중한 예의가 몸에 배어 있었는데, 망자가 된 지금도 말투가 그대로인 것이었다.

"무당삼검 청일이오?"

"내가 누구인지 알고 있군. 하면, 당신이 통성명할 차례인 것 같은데?"

마지일이 두 손을 들어 포권지례를 갖추었다.

"강호의 후학이 선배에게 인사드리겠소. 나는 전진교의 마지일이라 하오."

"마지일? 들어본 적이 없군."

"곧 자주 듣게 될 거요. 전진교가 강호에 위명을 떨칠 테니까."

마지일이 자신만만하게 웃으며 말했다.

하지만 청일은 불에 그을린 입꼬리를 말아 올리면서 씨익 웃는 것이었다.

"세가 약해져서 종남산에서도 쫓겨날지 모르는 전진교가 위명을 떨친다고? 지나가던 개가 웃을 소리로군."

"……."

사문이 비웃음거리가 되자 마지일은 입술을 꼭 깨물었다.

청일이 물었다.

"환관 장량은 어디 있지?"

무림맹의 인물을 제외하면 무명의 정체를 아는 자는 극히 드물었다. 청일은 여전히 무명을 환관 장량으로 알고 있었다.

마지일이 대답했다.

"통로 어딘가에 있을 것이오."

"잘 모르는 모양이군. 한데 너는 왜 일행과 함께 있지 않고 떨어진 것이냐?"

"내가 그들을 따돌렸소."

"왜? 너도 그들과 함께 무림맹의 일원으로 이곳에 온 게 아니냐?"

그 말에 마지일이 피식 웃음을 터뜨렸다. 그리고 자신만만한 얼굴로 말했다.

"나는 전진교의 제자일 뿐이오. 무림맹? 구대문파와 오대세가 중 무림맹에 남아 있는 곳이 몇 군데나 된다고? 무당파도 무림맹의 세가 약해지자 손을 털고 나오지 않았소?"

"그 말은 맞군."

"역시 이해해 주시는군. 강호에서는 영원한 아군도, 영원한 적도 없는 법 아니오?"

청일도 빙그레 웃으며 고개를 끄덕였다.

"그래서 네가 일행을 따돌리고 혼자서 탈출하기로 마음먹었다는 얘기인가?"

"그렇소."

"그런데 말과는 달리 상황이 조금 이상하군."

청일의 얼굴에서 웃음기가 스르르 사라졌다.

"보아하니 폭뢰를 써서 통로를 막은 것 같은데, 내게 뒷덜미를 붙잡혔으니 일행이 발이 묶인 게 아니라 오히려 네가 함정에 빠진 꼴이 아니냐?"

"그건……."

"게다가 이 피 냄새!"

청일은 말을 하다 말고 혓바닥으로 낼름 입술을 핥았다.

"피 냄새가 이리 진동하는데 설마 내 코를 피해서 도망칠 수 있을 줄 알았냐?"

"……."

마지일은 입을 다문 채 침음했다.

청일의 입술 사이에서 삐져나왔던 혓바닥이 둥근 모양이 아니라 마치 뱀의 그것처럼 두 갈래로 나뉘어져 있었던 것이다.

"지금 네 처지를 말해줄까? 독 안에 든 쥐다. 환관 장량을 얕잡아 보다가 스스로 함정에 빠진 격이지."

"피차 마찬가지가 아니오?"

말없이 있던 마지일이 고개를 삐딱하게 기울이며 말했다.

"무슨 소리냐?"

"당신도 그자를 얕보다가 망자 꼴이 되었지 않소? 무당삼검 청일이 망자비서를 두고 환관과 싸우다가 불에 타서 개죽음을 했다. 강호에 이미 소문이 파다하오! 하하하하!"

마지일이 평소 그답게 호탕하게 웃음을 터뜨렸다.

그러나 그는 즉시 실수했다는 것을 깨달았다. 청일의 눈빛이 소름 끼칠 만큼 싸늘하게 가라앉아 있었기 때문이다.

"뚫린 입이라고 말을 함부로 하는군."

"없는 얘기를 지어낸 것도 아니지 않소?"

"궁녀들을 시켜서 네 입을 바늘과 실로 꿰매주지. 다시는 헛바닥을 놀리지 못하도록 말이다."

청일이 말을 마쳤다.

그러자 마치 신호를 받은 것처럼 궁녀들이 괴음을 토했다.

쨰애애애액!

괴음은 통로의 앞뒤 양쪽에서 들려왔다.

마지일은 슬쩍 시선을 돌려 앞뒤를 살폈다. 청일의 등 뒤에는 이미 대여섯 명의 궁녀가 모여 있었다.

뒤쪽은 더욱 심각했다. 빈 공간이 보이지 않을 만큼 궁녀들이 빽빽이 몰려들고 있었던 것이다. 정확히는 모르지만 그 숫자가 족히 십여 명은 넘을 것 같았다.

궁녀 한두 명이라면 목을 베고 도망치는 게 가능하리라.

하지만 지금은 절대 불가능했다. 게다가 앞을 막고 있는 자는 그냥 망자가 아니라 무당삼검 청일이 아닌가?

마지일은 잔머리를 굴리며 궁리했다.

'망자비서를 갖고 지하 도시를 탈출할 방법은 없을까?'

하지만 좀처럼 좋은 방법이 떠오르지 않았다. 마치 다 된 밥에 코 빠뜨린 격이었다.

그때 마지일의 뇌리에 묘책이 떠올랐다.

그가 품에 손을 넣으며 말했다.

"당신이 원하는 건 이것 아니오?"

마지일은 무명에게서 빼앗은 서책을 꺼냈다. 서책은 핏물이 번져서 뒷장 전체가 시뻘겋게 물들어 있었다.

"나와 거래를 합시다."

"무슨 거래?"

"이 망자비서를 당신에게 넘기겠소. 대신 나는 그냥 보내주시오."

"내가 왜 그래야 되지?"

"당신은 환관 장량에게 복수하고 망자비서를 손에 넣으려 한다고 들었소. 전진교와 무당파는 아무런 은혜도 원한도 없는 사이요. 망자비서를 얻었는데 굳이 싸울 필요야 없지 않겠소?"

하지만 청일은 호락호락하지 않았다.

그가 통로 앞뒤를 꽉 틀어막고 있는 궁녀들을 한차례 돌아본 뒤 말했다.

"이 궁녀들이 안 보이냐? 어차피 너를 죽이고 나면 망자비서는 내 것이다."

키에에에엑!

궁녀들이 마지일을 향해 한 걸음 다가갔다.

"멈춰라!"

마지일이 서책을 높이 치켜들었다. 동시에 화섭자를 꺼내 입으로 불 준비를 했다.

"궁녀들이 한 걸음만 더 오면 망자비서에 불을 붙이겠소!"

"……."

"어차피 죽을 목숨이라면 망자비서를 불태우고 동귀어진 하겠다, 하하하하!"

청일은 침음한 채 마지일을 지긋이 응시했다.

잠시 후, 청일이 입을 열었다.

"좋다. 망자비서를 내놓으면 목숨은 살려주지."

"먼저 궁녀들을 물리시오. 그럼 망자비서를 넘기겠소."

"무당삼검의 약속을 못 믿겠다는 거냐?"

"당신은 무당삼검이 아니라 이제 망자니까."

청일은 마지일을 한 번 노려본 뒤 앞과 뒤를 향해 고갯짓을 했다. 그러자 궁녀들이 뒷걸음질 치며 어둠 속으로 스르르 사라졌다.

"이제 됐냐?"

"충분하오."

마지일은 고개를 끄덕인 다음 청일에게 다가갔다.

그러는 중에도 그는 화섭자를 입에서 떼지 않았다. 동시에 온 신경을 청일에게 집중했다.

실은 마지일은 청일과 사생결단을 낼 생각이었다.

'망자비서를 넘긴 뒤 검을 뽑아 청일의 목을 벤다.'

무당삼검 청일이 오른손 없는 외팔이라는 것은 강호인이라면 누구나 아는 사실이었다.

마지일은 그 점을 노리고 있었다.

'청일이 왼손에 망자비서를 받아 든 순간이 기회다. 그때 검을 뽑는다면 오른손이 없는 그는 막을 방법이 없을 터.'

그는 청일의 목을 일검에 베어버린 뒤 궁녀들의 포위망을 뚫고 도망칠 계획이었다.

망자비서를 넘길 생각은 처음부터 없었던 것이다.

마지일이 손을 뻗어 망자비서를 내밀었다.

"받으시오."

청일은 눈빛을 반짝거리며 망자비서를 바라볼 뿐 마지일은 신경 쓰지 않는 눈치였다.

마지일은 그 모습을 보고 속으로 비웃었다.

'망자비서에 넋을 팔았군. 이 모양이니 서생 놈한테 속아서 망자가 되었지, 하하하하!'

그는 청일에게 망자비서를 넘기는 찰나 검을 뽑으려고 했다.

그런데 마음이 앞서다 보니 손이 먼저 움직였다. 그 바람에 청일이 미처 망자비서를 받기 전에 미리 손을 놓고 말았다.

털썩.

망자비서가 바닥에 떨어졌다.

"이런, 미안하오. 막상 망자비서를 넘기자니 아까워서 그만."

마지일은 임기응변으로 둘러대며 생각했다.

'오히려 잘되었다. 청일 놈이 망자비서를 주우려고 몸을 숙이면 목을 베기 수월할 터.'

그런데 청일이 좀처럼 몸을 숙이지 않는 것이었다.

'뭐지? 혹시 눈치챈 건가?'

마지일은 짐짓 태연한 척하며 몸을 돌리려 했다.

"왜 그러시오? 뭐, 망자비서를 넘겼으니 나는 이만 가겠소."

동시에 슬며시 검 자루로 손을 가져갔다. 청일이 몸을 숙이는 순간 검을 뽑을 속셈이었다.

그때였다.

청일이 말없이 검지를 뻗어 망자비서를 가리켰다.

마지일은 영문을 몰라서 고개를 내렸다.

바닥에 떨어진 망자비서는 책장이 좌우로 활짝 펼쳐져 있었다. 책장 양면에는 각각 네 글자씩 큼지막하게 써져 있었다.

마지일은 무심코 여덟 개의 글자를 읽었다.

"천지현황(天地玄黃), 우주홍황(宇宙洪荒)?"

청일이 말했다.

"망자비서를 단숨에 읽어 내리다니, 과연 전진교 도사는 문무에 도통하군."

마지일이 문(文)과 무(武)에 뛰어나다고 칭송하는 말.

하지만 청일의 말은 마지일을 크게 비웃는 것이었다. 왜냐면 '천지현황 우주홍황'은 세 살배기 어린아이도 줄줄 외우는 글자였기 때문이다.

하늘 천, 땅 지, 검을 현, 누를 황······.

바닥에 펼쳐져 있는 서책은 바로 '천자문'이었다.

청일이 추궁했다.

"저건 천자문이다. 망자비서는 어디 있느냐?"

마지일이 멍한 목소리로 중얼거렸다.

"내가 분명 봤어··· 서생 놈이 망자비서를 챙기는 걸 봤다고······."

청일의 눈빛이 싸늘해졌다.

삐이익! 그가 날카롭게 휘파람을 불었다.

통로 앞뒤의 어둠 속에서 궁녀들이 스르르 모습을 드러냈다.

"얘들아, 식사 시간이다."

십여 명이 넘는 궁녀들이 여전히 천자문에서 눈을 못 떼고 있는 마지일을 향해 달려들었다.

키에에에엑!

일행은 멍하니 무명을 쳐다보고 있었다.

무림맹과 잠행조를 보기 좋게 배신한 마지일.

그런데 얘기를 들으니 뒤통수를 친 자는 마지일이 아니라 무명처럼 느껴졌다.

제갈윤이 중얼거렸다.

"마치 마지일이 배신하기를 기다렸던 것 같군."

하지만 무명은 그들의 눈치를 전혀 신경 쓰지 않았다.

"시간이 얼마 없소. 서두릅시다."

뜻밖에도 진문이 무명의 앞을 막아섰다. 그리고 엄숙한 목소리로 말했다.

"망자비서에 피를 묻혀서 마지일과 청일을 동시에 따돌린 계책은 과연 대단하오. 하지만 당신은 큰 실수를 저질렀소."

"……."

"청일은 망자가 되었다고 했소. 그런데 마지일이 청일에게 잡힌다면? 망자비서가 망자들의 손에 넘어가는 것이오. 그것만큼은 절대 막아야 하오."

제갈윤이 목청을 높이며 끼어들었다.

"내 말이 그 말이다! 심계가 대단하면 뭐 해? 애초에 무공도 모르는 놈이 망자비서를 갖고 있겠다고 한 것부터 잘못이었다!"

네 명의 일행 중 두 명이 무명에게 반기를 들고 나섰다.

정영 역시 말은 꺼내지 않았지만 진문에게 동의하는 표정이
었다.

그런데 무명의 대답이 이상했다.

"망자비서는 빼앗긴 적 없소."

"뭣이? 이제 와서 발뺌을……."

무명이 갑자기 문사에게 다가가서 손을 내밀었다. 무명의
눈빛이 예사롭지 않자 문사는 기가 죽은 얼굴로 품에 안고 있
던 서책을 건넸다.

무명이 그중 한 권의 서책을 펼쳐 보였다.

"망자비서는 여기 있소."

일행은 멍하니 무명을 쳐다보다가 정신을 차리고 서책을 내
려다봤다.

서책 한쪽에 핏물이 배어서 생긴 '신기' 글씨가 보였다. 망자
비서였다.

"망자비서잖아? 그럼 마지일이 빼앗아 간 것은……."

"천자문이오."

무명이 서책들을 문사에게 돌려주며 말했다.

"설마 정말 내가 망자비서를 빼앗겼을 거라고 생각했소?"

"……."

"다들 말이 없으니, 아니라고 믿겠소."

그가 몸을 돌려 통로 속으로 들어갔다.

하지만 다른 일행은 멍하니 무명의 뒷모습을 바라보며 한

참 동안 제자리에 서 있었다.

　일행은 먼저 왔던 길을 되돌아갔다.
　통로는 비좁고 어두워서 좀처럼 속도를 내기 힘들었다.
　하지만 언제 청일과 궁녀 무리가 뒤를 쫓아올지 알 수 없었다. 때문에 그들은 서둘러서 발을 옮겼다.
　제갈윤이 물었다.
　"이제 어떡할 셈이냐?"
　"두 가지 방법이 있소."
　무명이 담담한 목소리로 말했다.
　"하나는 청일과 그가 조종하는 망자들을 물리치고 탈출하는 것이오. 약방의 통로는 막혔지만, 그들을 모두 쓰러뜨린다면 다른 길을 찾을 여유가 생기겠지."
　"말도 안 되는 소리! 무당삼검이 동네 개 이름인 줄 아느냐?"
　제갈윤이 비아냥거리며 말했다.
　"망자들과 싸우는 것은 무리다. 청일에게 도전하는 것은 자살행위나 다름없어."
　무명은 그 무당삼검을 쓰러뜨린 자가 자신이라는 것은 굳이 말하지 않았다.
　제갈윤이 믿을 리도 없을뿐더러, 망자가 된 청일은 이전의 그와 전혀 다른 상대였기 때문이다.

"다른 방법은 뭐냐?"

"팔 층 전각으로 탈출하는 것이오."

"뭐라고? 그 생지옥으로 다시 들어가자는 거냐?"

아니나 다를까, 제갈윤이 펄펄 날뛰며 소리쳤다.

"절대 무리다! 게다가 팔 층 전각으로 가려면 괴물의 입을 지나가야 되지 않냐?"

"다른 좋은 방법이라도 있소?"

"하지만······."

"이강 일행도 그곳으로 향했을 거요. 우리라고 못 할 건 없소."

정영과 진문이 그 말에 고개를 끄덕였다.

일행 중 셋이 찬성하자 제갈윤도 더는 불평하지 못하고 입을 다물었다.

그러나 무명도 스스로 한 말에 자신이 없었다.

그는 마음속으로 팔 층 전각을 탈출할 가능성을 계산했다.

'이강 일행은 부상당한 장청을 제외해도 이강, 송연화, 남궁유 세 명의 고수가 남아 있다. 또한 당호의 존재도 크다.'

반면 이쪽 일행은 헛웃음이 나는 구성이었다.

'고수는 정영과 진문 단 둘뿐. 민폐만 끼치는 제갈윤은 기대할 수 없다. 나와 문사 역시 일행의 발목을 붙잡는 짐일 뿐이다.'

게다가 망자를 상대할 때 가장 중요한 검객이 정영 하나뿐인 것도 문제였다.

이강 일행이 팔 층 전각으로 탈출할 확률이 어느 정도일지는 알 수 없었다.

하지만 하나는 분명했다.

'우리 쪽이 탈출할 확률은 그 절반의 절반도 안 될 터.'

무명이 무심코 중얼거렸다.

"무문관, 천공개물, 관윤자……."

무명이 책가도에서 찾아낸 서책들의 제목.

세 권의 제목에 문(門), 개(開), 관(關), 즉 출입구와 관련된 글자가 들어 있었다. 무명은 세 권의 서책이 지하 도시를 가리키는 출입구라고 생각했고, 그 추측은 사실로 확인되었다.

무명은 머릿속에 책가도를 떠올리며 생각했다.

'다른 출입구는 없을까?'

지하 도시는 광활한 만큼 분명 숨겨진 비밀 통로가 또 있을 것이다. 불가의 방도 무명의 처소로 이어지는 훌륭한 탈출구가 아닌가?

하지만 서책 제목만 가지고는 비밀 통로의 여부를 알기 힘들었다.

그렇다고 제이(第二)의 불가의 방을 찾기 위해 지하 도시를 헤맬 수도 없는 일이었다.

무문관은 팔 층 전각을 통해 황궁 내원으로 이어지며, 천공개물은 수복화원의 우물과 연결되고 있었다.

나머지 하나, 관윤자의 통로는 어디에 있을까?

관윤자는 책가도를 지도로 볼 때 지금 무명이 있는 곳과 정반대 편에 위치했다. 그곳까지 가기 전에 청일 무리에게 따라잡힐 것이 뻔했다.

또한 도착한다고 해도 문제가 있었다.

태자와 영왕, 두 황자 때문이었다.

'둘 중 하나가 망자다. 만약 영왕이 망자라면?'

청일이 불타 죽던 날, 황궁 내원의 귀비 처소에 망자가 나타났다.

어둠 속이라 이목구비를 확인할 수 없었지만, 청일이 그를 대하는 태도로 볼 때 태자나 영왕 둘 중 하나가 틀림없었다.

'그때 그림자가 영왕이라면 그는 관윤자의 통로를 지나서 황궁에 잠입했을 것이다.'

즉 관윤자는 영왕이 아는 비밀 통로일 가능성이 높았다.

'관윤자의 통로를 찾는다고 해도 탈출은 무리다.'

호랑이 굴을 빠져나왔더니 늑대 소굴이라면 탈출한 의미가 없지 않은가?

결국 팔 층 전각으로 되돌아갈 수밖에 없었다.

그게 아니면 수천 명 병사들이 사열한 광장을 거쳐서 다시 수복화원의 우물로 가든지…….

무명은 다시 지하의 황궁 거리를 돌파하기로 결정했다.

그가 진문에게 말했다.

"문사를 점혈하시오."

그런데 문사가 펄쩍 뛰며 손사래를 쳤다.

"혼절시키지 않고 그냥 가면 안 되겠나? 내 조용히 하겠네. 제발!"

"……."

무명과 진문은 어깨를 으쓱하며 서로를 쳐다봤다.

점혈당해서 혼절하는 것은 잠을 푹 자는 것과 전혀 다르다. 정신을 잃었을 때는 모르지만, 깨어나면 사지가 저리고 머리가 지끈거리는 게 보통이었다. 노쇠한 문사가 점혈을 꺼리는 것도 당연했다.

"내 아무 말도 안 하고 꾹 입을 다물고 있겠네!"

"그 말 믿어도 되겠소?"

"물론이지! 사내는 한번 약속하면 천금을 줘도 어기지 않아야 하는 법! 공자 가라사대, 아니, 맹자가 말하길 남아는……."

문사는 조용히 하겠다는 말을 금세 잊었는지 허황된 소리를 지껄였다.

진문이 말했다.

"망자들이 근처에 없으면 숨을 쉬어도 무방하지 않겠소?"

그 말은 맞았다. 피 냄새와 달리 산 자의 호흡은 멀리 떨어져서는 맡을 수 없으니까.

무명이 고개를 끄덕이며 말했다.

"좋소. 진문도 체력을 아껴야 되니 당분간 걷게 놔둡시다."

"고맙네, 고마워!"

문사가 어린아이처럼 활짝 웃으며 말했다.

하지만 진문의 다음 말에 문사는 웃지도 울지도 못하는 표정을 짓고 말았다.

"좀 이따 봅시다."

"……."

일행은 문사가 울상을 짓는 것을 보고 피식 웃으며 걸음을 옮겼다.

문사가 푹 한숨을 쉬며 중얼거렸다.

"기다림은 설렘과 불안이 동시에 있는 법이지. 관윤자도 별자리를 살피다가 기인이 나타나리라 예상하고 목욕재계하며 수십 일을 기다린 뒤에야 함곡관에서 노자를 만났는데……."

"문사 양반, 조용히 하겠다고 약속하지 않았소?"

진문이 말을 자르며 주의를 주었다.

그때였다. 선두에서 걸어가던 무명이 갑자기 발걸음을 멈추고 제자리에 서는 것이었다.

그가 고개를 돌리며 물었다.

"방금 뭐라고 했소?"

"문사 보고 조용히 하라고 했소만?"

진문이 영문을 모르겠다는 얼굴로 대답했다.

무명이 뚜벅뚜벅 걸어왔다. 그가 일행 중 한 명의 앞에서 멈추더니 재차 물었다.

"지금 한 말을 다시 말해보시오."

뜻밖에도 무명이 질문한 상대는 진문이 아니라 문사였다.

문사가 어리둥절한 얼굴로 입을 열었다.

"기다림은 설렘과 불안이……."

"그거 말고 그다음!"

"관윤자도 별자리를 살피다가 기인이 나타나리라 예상하고……."

"수십 일을 기다린 뒤 함곡관에서 노자를 만나서 도를 얻었다."

무명이 문사의 말을 가로채며 자신이 말을 끝마쳤다.

"맞네! 젊은이가 제법 고전을 아는구만."

문사가 고개를 주억거리며 빙그레 미소 지었다. 하지만 무명은 한마디도 대꾸하지 않은 채 천천히 몸을 돌려서 어둠 속으로 걸어갔다.

일행이 영문을 몰라서 어깨를 으쓱거리고 있을 때, 무명은 생각했다.

'숨겨진 비밀 통로다.'

관윤자의 본명은 윤희(尹喜)로, 그는 함곡관에 부임한 관리였다.

윤희는 천상과 별자리를 살피다가 구십 일 안에 기인이 지나간다는 것을 깨달았다. 그는 수하를 시켜서 길을 청소하고 향을 피우게 했다.

어느 날 백발노인이 푸른 소가 끄는 흰 수레를 타고 함곡
관을 지나갔다.

윤희는 그를 맞아 간곡히 청해서 도를 전수받았다.

그 백발노인은 중원의 대성인(大聖人)인 노자(老子)였다.

그가 윤희에게 전해준 오천여 자의 글귀는 다름 아닌 도덕
경(道德經)이었다.

문사가 중얼거린 것은 바로 관윤자가 노자에게 도덕경을 받
은 이야기였던 것이다.

그것뿐이라면 미친 문사가 아무 말이나 횡설수설한 것에
지나지 않으리라.

하지만 무명은 한 가지 사실을 알고 있었다.

'책가도에 도덕경이 있다!'

책가도에 그려진 책장의 귀퉁이 한쪽에 도덕경이 꽂혀 있
었던 것이다. 관윤자가 노자에게 도덕경을 받은 장소는 함곡
관(函谷關)이었다.

함곡관은 중원의 두 대도시인 서안(西安)과 낙양(洛陽)을
연결하는 길목에 위치했다. 또한 성곽이 높고 문은 좁아서
'한 명만 지키면 누구도 통과할 수 없다'는 말까지 있었다.

곳곳에 숨은 비밀 통로가 즐비한 데다 광활한 지하 도시.

그렇다면 혹시 함곡관과 밀접한 관련이 있는 도덕경 자리
에 비밀 통로가 존재하지 않을까?

불가의 방의 정체가 실은 구사일생의 탈출로였던 것처럼.

무명은 결심했다.

'도덕경의 방을 확인해 볼 필요가 있다.'

도덕경이 있는 자리는 팔 층 전각이 있는 무문관이나 책장 반대편에 위치한 관윤자보다 훨씬 가까웠다. 책가도의 배치로 짐작하건대, 호수 반대편에 있는 통로에서 그리 멀지 않은 것으로 짐작되었다.

무명이 일행을 향해 몸을 돌리며 말했다.

"다른 탈출로를 찾은 것 같소."

"뭐라고? 그게 어디냐?"

"위치는 대략 짐작하고 있소. 하지만 가보지 않고서는 어떤 곳인지 모르오."

"또 그 소리군. 모른다, 모른다, 모른다."

제갈윤이 무명을 비웃었다.

하지만 이어지는 무명의 말에 그는 금세 반가운 기색을 했다.

"괴물의 입을 거치지 않고 호수 반대편으로 이어지는 곳이오."

"정말이냐? 그것 잘됐군!"

제갈윤뿐만 아니라 진문과 정영도 눈빛을 반짝거리며 서로를 쳐다봤다.

제갈윤이 신바람을 내며 앞장섰다.

"빨리 가자! 호수가 다 녹아서 물바다가 되기 전에!"

다른 일행도 가벼운 발걸음으로 그를 따라갔다.

그러나 후미에 선 무명의 표정은 그리 밝지 않았다.

불가의 방도, 팔 층 전각을 가리키는 무문관도 한 가지 공통점이 있었다. 보통 생각으로는 상상도 할 수 없는 위험이 도사리고 있다는 것이었다.

그것이 기관진식이든 망자 소굴이든 간에.

일행은 다시 호수에 도착했다.

그들은 배에 올랐다. 진문이 노를 잡고 힘을 쓰자 배가 쑥쑥 앞으로 나아갔다.

호수는 여전히 안개가 자욱하게 끼어 있었다.

어느새 배는 문사가 있던 전각을 스쳐 지나갔다. 호수를 절반 건넜다는 뜻이었다.

문사가 사정하는 눈빛으로 말했다.

"잠깐 내려서 서책들을 좀 챙기면 안 되겠나?"

하지만 무명은 고개를 저었다.

"안 되오. 한시가 급하오."

"고전의 가치도 모르는 놈 같으니! 차라리 내 몸을 분서갱유를 해라!"

문사가 재차 허황된 말을 지껄였다. 하지만 제갈윤이 노려보자 금세 입을 다물었다.

그때 정영이 무언가를 발견하고 말했다.

"수위(水位)가 높아진 것 같소."

확실히 그랬다.

전각은 호수 바닥에 깊이 박힌 네 개의 돌기둥이 받치고 있었다. 그런데 돌기둥에 곰팡이가 피고 이끼가 끼어 있던 곳까지 물이 올라와서 찰랑거리고 있던 것이다.

제갈윤이 말했다.

"빙옥환을 넣으면 물이 연결된 곳까지 얼어붙는다. 즉 수원(水源)까지 얼어 있었을 거다."

"한데 그걸 깨뜨렸으니……."

"주위 물이 몽땅 녹는 건 시간문제라는 뜻이지."

무명도 이번만큼은 제갈윤의 말에 동의했다.

지하 도시의 물이 녹는다는 소식은 절대 좋은 징조가 아니었다.

통로는 곳곳에 한빙석 방이 자리해서 망자들의 움직임을 통제했다. 얼어붙은 호수 또한 망자를 막는 방어벽 중 하나였으리라.

그러나 빙옥환이 깨진 지금, 망자들이 호수를 건널 수 있게 된 것이다.

무명의 눈빛이 싸늘하게 식어갔다.

진문이 무명의 생각을 알아차렸는지 더욱 빠르게 노를 젓기 시작했다. 뱃전에서 물살이 세차게 갈라지며 뒤로 밀려났다.

촤아아악, 촤아아악……

곧 배가 호수 반대편에 도착했다.

그곳의 돌벽에 뻥 뚫린 통로가 있었다.

통로는 지금까지 지나온 곳보다 더욱 비좁았다. 검을 들어도 등 뒤에서 적이 덤비면 상대하기 힘들 정도였다.

후퇴가 불가능하고 오직 전진만 허락된 곳이었다.

일행은 호숫가에 있는 통로를 앞에 두고 섰다.

제갈윤이 중얼거렸다.

"여기 들어갔다가 망자에게 포위되는 날에는 끝장이겠군."

그 말은 사실이었다. 일직선으로 뻗어 있는 통로는 두 명이 나란히 걸을 수 없을 만큼 비좁았다. 중간에서 망자와 만나게 되면 죽을 때까지 싸우는 것 말고 도리가 없어 보였다.

한번 발을 들이면 후퇴할 수 없는 외나무다리.

무명이 말했다.

"통로를 돌파하는 게 쉽지 않겠지만 불가능한 것은 아니오."

"마지일 놈 같은 배신자가 또 나오지 않는다면 말이지."

제갈윤이 비웃으며 말했다.

그러나 무명의 목소리는 진지했다.

"이때를 위해 비축해 둔 구명절초가 있지 않소?"

구명절초(求命絶招)는 목숨의 위기에 처했을 때 쓰는 비장의 한 수를 말한다.

일류를 넘은 고수들은 자신만의 구명절초를 하나씩 가지고 있다. 언제 자신을 능가하는 고수를 상대할지 모르기 때문이다.

패배가 거의 결정되고 희망이 사라지는 순간 고수는 숨겨둔 구명절초를 출수해서 반전을 노린다. 구명절초 단 일 초식에 승패가 뒤바뀌는 경우도 허다했다. 때문에 고수들은 적을 쓰러뜨리는 찰나까지 긴장을 늦추지 않았다.

"무공도 모르는 서생이 무슨 놈의 구명절초?"

"잠행조의 구명절초는 내가 아니라 제갈세가가 준비한 것이오."

무명이 꺼낸 말은 제갈윤의 의표를 찌르는 것이었다.

"흑랑비서의 부적을 모조리 씁시다."

"……!"

그제야 제갈윤도 무명의 뜻을 알아차리고 표정이 달라졌다.

"그렇지. 아직 부적이 남아 있었군."

"다들 갖고 있는 부적을 꺼내시오."

일행은 대명각에서 잠행을 시작하기 전에 나눠 받은 부적을 꺼냈다.

잠행조가 반토막이 난 것도 모자라 새 탈출로를 찾아야 하는 무명 일행. 그들의 구명절초는 바로 흑랑비서의 비결대로 제작한 부적이었다.

하지만 그들이 미처 예상하지 못한 일이 있었다.

일행이 지니고 있던 부적에 핏물로 쓴 글자와 도형이 번지고 지워져서 대부분 못 쓰게 되어 있었던 것이다.

제갈윤이 분통을 터뜨렸다.

"다들 제갈세가의 부적을 소중히 여기지 않은 거냐?"

그러나 제갈윤 자신의 부적마저 몇 장이 젖어서 찢어져 있었다.

"괴물의 입에서 피 웅덩이에 빠졌으니 부적이 훼손된 게 당연하오."

진문의 말에 제갈윤은 입을 다물었다.

괴물의 입속에서 핏물 세례를 뒤집어쓰며 사투를 벌였던 일행. 시간이 지나 의복은 다시 말랐지만, 한번 번지고 지워진 글씨와 도형이 원상 복귀 될 리 없었다.

일행은 아연실색해서 부적 더미를 쳐다봤다.

무명이 부적 더미를 뒤지며 그나마 쓸 만한 것을 따로 모았다.

곧 부적 정리가 끝났다. 무명이 부적의 종류와 장수를 세며 말했다.

"산 자의 기척을 없애는 부적 네 장. 산 자의 냄새를 나게 하는 부적 두 장. 망자에게 붙으면 떨어지지 않는 부적 한 장. 폭혈화부 한 장. 모두 여덟 장이오."

"……."

일행은 자기도 모르게 어깨를 축 늘어뜨렸다.

예상은 했지만 부적 장수가 턱없이 부족했던 것이다.

진문이 말했다.

"폭혈화부가 단 한 장 남은 것은 정말 아쉽군."

망자에 붙이면 기혈이 끓어올라 폭발하는 폭혈화부. 게다가 독혈로 변한 망자의 살점과 핏물이 묻으면 다른 망자 역시 연쇄 폭발 한다.

폭혈화부는 망자 상대로 가장 위력적인 무기였다. 그래서인지 네 종류의 부적 중에서 가장 도형이 많고 복잡하게 그려져 있었다. 때문에 한쪽 귀퉁이만 핏물에 지워져도 전체가 쓸 수 없게 되어버린 것이다.

폭혈화부가 한 장 남았다는 것은 일행의 사기를 크게 떨어뜨렸다.

그런데 문제가 하나 더 있었다.

정영이 그 사실을 지적했다.

"일행은 모두 다섯인데 산 자의 기척을 없애는 부적이 네 장밖에 없소."

기가 막혔다. 일행은 할 말을 잃고 침음했다.

그때 제갈윤이 입을 열었다.

"잠깐, 문사 놈은 원래 잠행조도 아니잖아? 우리 네 명이 한 장씩 지니고 문사 놈은 내버려 두자. 어때?"

무명이 쓴웃음을 지으며 대답했다.

"무공을 모르고 노쇠한 문사야말로 부적이 필요하오."

"그럼 우리 중 누구 하나는 맨몸으로 있으라는 말이냐? 난 못 한다!"

제갈윤이 손을 뻗어 산 자 기척을 없애는 부적을 한 장 집어 들었다. 일행은 어이가 없었지만 그가 하고 싶은 대로 하게 놔두었다.

정영이 말했다.

"내가 부적을 갖고 있지 않겠소."

"아니, 내가 적임자요."

정영을 제지하며 나선 것은 진문이었다.

"정영은 선두에 서야 하니 부적이 필요하오. 나는 후미에 서니 부적이 없어도 견딜 수 있소. 또 우리 중에 내가 가장 오래 숨을 참을 수 있을 것이오."

"호흡을 참는 거라면 나도……."

"누가 오래 참는지 내기라도 해보겠소?"

"……."

정영은 진문의 우람한 체구를 보고 입을 다물었다.

진문의 몸통은 정영보다 족히 두 배는 컸다. 넓이로는 네 배, 부피로 따지면 여덟 배가 더 크다는 뜻이다. 내공의 깊이는 둘째 치고, 단순히 폐활량으로 따져도 정영은 진문의 상대가 못 되었다.

"양보해 줘서 고맙소."

"아미타불. 별말씀을."

둘은 서로를 보며 빙그레 미소 지었다.

결국 산 자의 기적을 없애는 부적 네 장은 무명, 정영, 제갈윤, 문사가 나눠 가졌다.

제갈윤이 슬며시 남은 부적에 손을 가져갔다.

진문이 손을 뻗어 냉큼 부적들을 집어 들었다. 그리고 무명에게 건네며 말했다.

"남은 부적은 무명이 지니시오."

제갈윤이 반박했다.

"몇 장 안 남은 부적을 한 명한테 몽땅 넘기자고?"

하지만 진문의 답변에 그는 말문이 막히고 말았다.

"몇 장 안 남은 부적이니 더욱 잠행조의 조장이 갖고 있어야 하지 않겠소?"

"……."

제갈윤은 입술을 깨물었지만 딱히 반대할 말이 없는지 입을 다물었다.

그때 무명이 뜻밖의 말을 했다.

"내가 남은 부적을 지녀야 할 이유가 있소."

그가 허리춤에 질끈 묶어놓은 웃옷과 연투갑을 가리켰다.

"연투갑 속에 넣어두면 방수가 되오. 그러니 부적을 망가뜨리지 않을 것이오."

"방수가 된다고? 혹시 혈선충도 막을 수 있냐?"

"그건 무리요. 연투갑은 목까지만 방어하니까."

"쳇, 그렇군."

제갈윤은 연신 눈빛을 반짝거리며 연투갑을 바라봤다. 혹시라도 무명이 혼자 웃옷과 연투갑을 걸치면 반대하려는 것이었다.

하지만 무명은 부적을 허리춤의 연투갑 속에 찔러 넣어 갈무리했다.

그러자 제갈윤도 더는 불평을 하지 못했다.

모든 준비가 끝났다.

무명이 명령했다.

"정영이 선두, 진문이 후미를 맡으시오. 모두 이동합시다."

일행은 돌벽에 뻥 뚫린 어두운 구렁텅이를 바라봤다. 일단 들어가면 후퇴는 불가능하고 오직 전진만 가능하리라.

그들은 한 명씩 통로 속으로 걸어 들어갔다.

일행이 통로로 들어간 지 어느새 밥 한 끼 먹을 시간이 지났다.

통로는 갈림길이 하나도 없이 일직선으로 뻗어 있었다.

하지만 일행은 길을 찾을 수고를 덜었다며 좋아할 수 없었다. 오히려 불안감은 점점 높아지기만 했다.

제갈윤이 중얼거렸다.

"차라리 미로를 헤매는 쪽이 더 나았군."

다들 그의 말에 동감했다.

당장 망자들이 앞을 가로막는다면 피할 길이 없었다. 그렇다고 지금까지 왔는데 되돌아갈 수도 없는 일이었다.

가장 최악은 통로 앞뒤에서 동시에 망자들이 나타나는 것이었다.

그럴 경우 독 안에 든 쥐 꼴이 될 테니까.

무명이 명령하지 않았지만, 일행의 걸음은 갈수록 빨라졌다.

그렇게 한참을 이동했을 때였다.

갑자기 통로가 끝이 나며 넓은 공간이 나왔다.

"통로가 끝났소."

정영의 말에 일행은 기쁜 마음으로 달려갔다.

그러나 그들은 제자리에서 멈춰 서야 했다. 통로 바로 밖이 천 길 낭떠러지였기 때문이다.

발밑은 깎아지른 듯한 절벽이었다. 게다가 안개가 자욱하게 끼어 있어서 어디쯤이 바닥인지 전혀 알 수 없었다.

그때 정영이 무언가를 발견하고 말했다.

"여기 줄다리가 있소."

눈앞에 굵은 동아줄을 엮어 만든 줄다리가 구름처럼 허공에 떠 있었다.

줄다리는 절벽을 가로질러서 걸쳐 있는 것으로 보였다. 즉 반대편에도 절벽이 있다는 뜻이었다.

사람도 망자도 통과할 수 없는 두 절벽을 줄다리가 잇고 있다. 게다가 줄다리는 사람 한 명이 간신히 지나갈 수 있을 만한 크기였다.

무명은 생각했다.

'함곡관의 다리다.'

지세가 절묘해서 난공불락의 관문으로 이름 높은 함곡관.

무명은 눈앞의 줄다리가 함곡관을 뜻하는 것이라고 직감했다. 책가도에서 볼 때 지금 위치가 도덕경이 꽂힌 자리인 것도 그 사실을 증명하고 있었다.

'지하 도시를 나가는 또 하나의 숨겨진 탈출로다.'

진문이 무명의 생각을 알아차렸는지 말했다.

"새 탈출로를 찾은 것 같군."

"그렇소."

무명이 대답했다.

일행은 안도한 얼굴로 그간 참았던 한숨을 토해냈다.

"다들 뭐 하냐? 빨리 이 지옥을 빠져나가자!"

제갈윤이 재촉했다.

일행은 한 명씩 줄다리를 건너기 시작했다.

문사가 겁을 먹고 몸을 뒤로 빼자, 진문이 그의 뒷덜미를 붙들고 먼저 발을 옮겼다. 그 바람에 진문이 선두로 가고 자연히 정영이 후미를 맡게 되었다.

드디어 지하 도시를 탈출한다고 생각하자 일행의 발걸음은 한결 가벼웠다.

하지만 줄다리를 건너는 것은 생각처럼 쉽지 않았다.

바람이 불지 않는데도 줄다리가 그네처럼 좌우로 흔들렸기 때문이다. 무공을 모르는 무명과 문사는 물론, 정영과 진문마저 밧줄을 붙잡은 채 줄다리를 건너야 했다.

또한 튼튼한 줄 알았던 줄다리는 동아줄과 바닥의 나무 발판이 습기를 먹고 곰팡이에 슬어 있었다.

제갈윤이 말했다.

"이러다가 설마 중간에서 끊어지는 건 아니겠지?"

일행은 그의 말이 재수가 없다고 생각되어 아무도 대답하지 않았다.

줄다리를 절반 이상 건넜을 때였다.

"저기를 보시오."

선두에 선 진문이 검지로 줄다리 건너편을 가리켰다.

고개를 들자, 자욱한 안개 너머로 맞은편 절벽이 보이기 시작했다. 그런데 바위로 된 절벽에 무언가가 붙어 있는 것이었다.

진문이 말했다.

"잔도가 있소."

잔도(棧道)는 험한 돌벽에 홈을 판 뒤 나무 판을 붙여서 만든 다리를 말한다.

맞은편 절벽에 나무 판들이 수직으로 줄을 이어서 박혀 있었다. 돌벽에 홈을 파고 쇠못을 박아서 붙박이 사다리처럼 만들어놓은 것이었다.

마치 지네 같은 모양으로 구불구불 절벽 위를 기어오르고 있는 사다리.

잠행을 시작한 이후 일행은 줄곧 아래로 내려갔을 뿐, 위로 올라간 적이 없었다. 그런데 지금 위로 향하는 잔도가 모습을 드러낸 것이다.

일행은 생각했다.

'잔도를 올라가면 분명 지상이 나올 것이다!'

일행의 걸음이 더욱 빨라졌다. 허공에 뜬 줄다리를 무서워하던 문사도 공포를 잊었는지 서둘러 발을 놀렸다.

그런데 무언가 이상했다.

그네처럼 좌우로 심하게 요동치던 줄다리가 어느 순간 흔들림이 줄어들었던 것이다.

가장 먼저 그 사실을 깨달은 것은 진문이었다.

"이상하군. 줄다리가 흔들리는 게 멈추고 있소."

제갈윤이 피식 웃으며 말했다.

"기분 탓이겠지. 그게 아니라도 흔들리지 않으면 떨어질 위험이 없으니 잘된 거 아니냐?"

그러나 무명이 고개를 저으며 반박했다.

"절대 아니오."

그의 얼굴이 어느새 귀신처럼 냉랭하게 변해 있었다.

"모두 달리시오! 빨리!"

"지금도 빨리 걷고 있지 않냐?"

제갈윤이 태평한 표정으로 어깨를 으쓱했다. 그리고 뒤로 고개를 돌려 무명을 봤다.

"갑자기 웬 호들갑이냐? 줄다리를 다 건넜으니 흔들림이 멈춘 게 당연하지……."

순간 그가 무엇을 봤는지 입을 딱 벌렸다. 그의 얼굴이 삽시간에 핏기가 빠지며 새하얗게 질렸다.

앞에서 진문이 소리쳤다.

"달려라, 제갈공자 놈아!"

제갈윤은 그제야 줄다리가 흔들리지 않는 이유를 깨달았다.

망자들이 위로 올라오는 바람에 줄다리가 묵직해져서 요란한 흔들림이 멈추었던 것이다.

일행의 뒤쪽에서 망자들이 새까맣게 몰려왔다.

키에에에엑!

4장.

진퇴양난

일행이 한 걸음 발을 옮길 때마다 요동치던 줄다리가 어느 순간 흔들리지 않았다.

망자들이 위로 올라와서 줄다리가 묵직해졌기 때문이었다.

"모두 달려라!"

선두에 선 진문이 뒤를 보며 손짓했다.

일행은 정신없이 달리기 시작했다. 처음에는 줄다리를 무서워하던 문사도 망자들을 보더니 미친 듯이 발을 놀리며 도망쳤다.

도망자 다섯 명과 추격자 수십여 명.

묵직해져서 잠깐 흔들림이 멈췄던 줄다리는 수십 명이 넘는 인원이 뛰자 이번에는 뱀처럼 꿈틀거리며 좌우로 비틀렸다.

갑자기 앞에서 달리던 문사의 몸이 아래로 쑥 내려갔다.

콰직!

그의 발밑에서 썩은 나무 판이 부서지면서 몸이 밑으로 추락했던 것이었다.

문사가 비명을 질렀다.

"으아아악……."

그러나 문사가 비명을 채 끝내기도 전에 진문이 달려들어서 뒷덜미를 붙잡았다. 탁! 천 길 낭떠러지로 떨어질 뻔한 문사는 간신히 목숨을 건졌다.

"고, 고맙소."

"예의는 나중에 차리고 달리시오!"

그때 무명이 발을 멈추고 몸을 돌렸다.

그가 허리춤에 손을 넣어서 부적 한 장을 꺼냈다. 그리고 후미에 오는 정영에게 말했다.

"비키시오."

무명의 뜻을 알아차린 정영이 줄다리 가장자리로 비켜났다. 그러자 무명이 몸을 날려 부적을 바닥 나무 판에 놓았다.

일 장도 채 떨어지지 않은 곳에서 망자 하나가 둘을 향해 달려들었다.

키에에에엑!

무명이 마치 망자의 보폭을 계산한 것처럼, 망자가 정확하게 나무 판에 놓인 부적을 밟았다.

탁!

순간 망자가 몸을 비꼬면서 바닥에 쓰러졌다. 털퍼덕!

"구워어어웨에엑……."

망자가 괴음을 토하며 바닥으로 고개를 내렸다. 혼백이 없는 몸이지만 무언가 일이 잘못됐다는 것을 본능적으로 깨달았던 것이다.

무명이 바닥에 놓은 것은 바로 망자에게 붙으면 떨어지지 않는 부적이었다.

굳이 맨살이 아니라 망자가 걸친 의복이나 신발에 붙어도 절대 떨어지지 않는 부적.

부적을 정통으로 밟자 망자는 발을 떼지 못했다. 한쪽 발이 바닥에 붙은 망자는 앞으로 달리던 기세를 늦추지 못하고 그대로 바닥에 나뒹굴었던 것이다.

망자의 발을 묶는 덫이나 다름없었다.

"꾸웨에에엑!"

망자가 억지로 몸을 일으킨 다음 둘을 향해 두 팔을 휘둘렀다. 하지만 부적이 그의 한쪽 발을 붙들고 놓아주지 않았다.

정영이 말했다.

"잘했소."

"별것 아니오."

둘은 코앞에서 발버둥 치는 망자를 보며 피식 웃었다.

하지만 승리감은 금세 산산조각이 나버렸다.

덫에 걸린 망자의 뒤에서 망자 떼가 꾸역꾸역 몰려들었던 것이다.

사람 한 명이 간신히 지날 만큼 비좁은 줄다리. 중간에서 망자 하나가 길을 막고 있으니, 병목현상이 일어나는 게 당연하리라.

그러나 망자들은 바닥에 발이 붙은 동료는 신경 쓰지도 않았다.

그들은 길을 막은 동료의 좌우로 빠져나가려고 기를 썼다. 좁은 공간으로 서로 나가려고 밀치는 바람에 망자 두셋이 줄다리 옆으로 빠져서 절벽 밑의 암흑으로 떨어졌다.

급기야 망자들은 동료를 밀어서 바닥에 쓰러뜨렸다. 그리고 그의 등짝을 발판 삼아 밟으며 넘어오기 시작했다.

바닥에 깔린 망자가 사지를 요동치며 비명을 질렀다.

꾸워어어억…….

하지만 혼백이 없는 망자들은 그의 손과 발을 마구 짓밟으며 오직 앞으로 전진했다.

무명과 정영은 침을 꿀꺽 삼켰다.

"……."

부적은 병목현상은커녕 차 한 모금 삼킬 시간도 벌어주지 못했다.

둘은 몸을 돌리고 다시 줄다리를 달렸다.

정영이 물었다.

"이제 어떡하면 좋소?"

"도망치는 것 외에 달리 방법이 있소?"

듣는 이의 기운이 빠지게 만드는 대답. 평소 무명답지 않은
말이었다.

하지만 무명은 마지막 한 수가 남아 있었다.

그는 고개를 들어 맞은편 절벽을 보며 생각했다.

'산 자의 기척을 지우거나 만드는 부적은 지금 불필요하다.
그렇다면 이제 남은 부적은 세 장뿐이다. 그러나 잔도를 올라
가는 데 충분한 장수다.'

절벽에는 나무 판들이 수직으로 박혀서 잔도를 만들고 있
었다.

잔도를 오르다가 중간쯤에서 남은 한 장의 망자를 묶는 부
적을 덫처럼 사용한다. 고작 망자 한 명을 절벽에 붙이겠지만,
그것으로 충분했다. 망자들은 깎아지른 절벽을 타고 동료를
넘으려다가 수도 없이 밑으로 떨어지고 말리라.

그래도 기어이 동료를 넘은 뒤 일행을 발밑까지 추격해 온
다면?

'그때 폭혈화부를 쓴다.'

폭혈화부가 붙은 망자는 폭발하면서 살점과 피가 독혈로

변하리라. 그리고 독혈은 밑에서 올라오는 망자들의 머리 위에 퍼부어지리라.

절벽에 수직으로 붙은 잔도에서 망자들은 피할 방법 없이 연쇄 폭발 해서 산화될 것이다.

그것이 무명이 계획한 구명절초였다.

목숨을 구하는 마지막 비장의 한 수.

그때였다.

고개를 들어 잔도를 보고 있던 무명의 앞에 누군가가 나타났다.

퍽! 무명은 걸음을 멈추지 못하고 그자와 부딪쳐서 코를 박았다.

고개를 들어보니, 앞에 있는 자는 제갈윤이었다. 무명은 제갈윤의 등에 코를 박은 것이었다.

제갈윤은 갑자기 달리기를 멈추고 멍하니 서 있었다.

"크윽! 왜 안 가고 있소?"

"……."

제갈윤은 말없이 검지를 들어 앞을 가리켰다.

육안룡의 빛줄기로 줄다리를 살피던 무명은 경악하고 말았다. 줄다리의 맞은편, 선두에 선 진문의 앞에서도 어느새 망자들이 떼를 지어 몰려오고 있었던 것이다.

진문이 쓴웃음을 지으며 중얼거렸다.

"원수는 외나무다리에서 만난다더니."

일행은 오도 가도 못하고 줄다리 중간에서 발을 멈추었다. 그야말로 진퇴양난(進退兩難)이었다.

제갈윤이 소리쳤다.

"이제 어떡하면 좋냐?"

"……."

"왜 입을 다물고 있냐? 서생 놈아, 이제 어떡하면 좋냐고!"

그의 목소리에 당황한 기색이 역력했다. 무명을 독촉하기보다는 눈앞의 상황이 도무지 믿어지지 않았던 것이다.

무명은 말없이 침음했다. 그 역시 지금 상황을 믿을 수 없었다.

'이건 말도 안 된다.'

망자들이 일행의 뒤에서 나타난 것은 당연했다. 청일이 일행이 도망친 곳을 짐작해서 모든 방향으로 망자를 보냈을 테니까. 망자들이 나타난 시각이 생각보다 빨랐지만, 그건 운이 나빴기 때문이리라.

그러나 망자들이 일행의 앞을 가로막는 것은 결코 일어날 수 없는 일이었다.

'청일이 우리 위치를 정확히 알고 있지 않는 이상 절대 불가능하다.'

게다가 망자들은 마치 일행이 줄다리를 절반쯤 건널 때까지 기다리고 있다가 앞뒤에서 나타나 포위하지 않았는가?

문득 어떤 생각이 무명의 뇌리를 스쳤다.

'……!'

무명은 설마 했던 최악의 사태가 벌어졌다는 것을 깨달았다.

'그렇다면 마지막 구명절초를 다시 설계해야겠군.'

그의 머릿속이 전광석화처럼 빠르게 회전했다.

곧 그는 방법을 생각해 냈다.

하지만 당장 눈앞의 일이 문제였다. 일행의 앞뒤를 포위한 망자들을 처치하지 못하는 이상 아무리 좋은 심계가 있다고 해도 탁상공론에 불과했다.

…그러나 망자들의 포위망을 뚫을 계책은 떠오르지 않았다.

그때 선두에서 진문이 등을 돌린 채 소리쳤다.

"별다른 방법이 생각나지 않소?"

"……."

그는 이전에도 그랬지만 마치 무명의 생각을 아는 듯이 말했다.

진문이 이강처럼 남의 생각을 읽을 리 없었다. 때문에 무명은 더욱 소름이 돋았다.

무명이 대답을 못 하고 있자, 진문이 재차 소리쳤다.

"서생이라고 무시하는 건 아니오. 단지 강호인은 이럴 때 이렇게 하는 법이오."

진문이 허리춤에 꽂아둔 단봉 두 개를 뽑아 들었다.

"와라, 이 망자들아! 한판 거하게 싸워보자!"

진문이 포효했다.

망자들이 그의 도전장을 알아듣기라도 한 것처럼 일제히 달려들었다.

그의 단봉은 길이가 반 장 정도로 어정쩡했지만, 둘로 이어 붙이면 일 장을 넘는 장봉으로 탈바꿈한다.

그러나 진문은 장봉을 만들지 않았다.

대신 그는 양손에 단봉을 하나씩 쥐고 가슴 앞에 모아서 벨 예(乂) 자를 만들었다.

척!

마치 단검 두 자루를 든 자객 같은 모습.

망자 하나가 두 손을 앞으로 뻗으며 진문에게 덤볐다.

"키에에엑!"

순간 진문이 왼손에 든 단봉으로 망자의 두 손을 쳤다. 픽! 얼마나 세게 쳤는지 망자는 두 손을 옆으로 홱 젖히며 비틀거렸다.

동시에 진문이 오른손에 든 단봉으로 망자의 뒤통수를 갈겼다.

"와닷!"

퍼억! 망자의 목이 옆으로 홱 꺾였다.

망자는 몸을 비틀거리며 줄다리에 상반신을 걸쳤다. 그러고도 맞은 힘을 견디지 못하고 줄다리를 넘어서 절벽 아래로 떨어졌다.

이번에는 진문이 먼저 망자들을 향해 몸을 날렸다.

처처척! 진문이 순식간에 앞으로 세 걸음을 나아갔다. 그리고 무차별로 단봉을 휘두르기 시작했다.

"와닷! 와닷! 와닷!"

오른손 봉으로 맨 앞의 망자를 치고, 몸을 회전하며 왼손 봉으로 그다음 망자를 친 뒤, 다시 오른손 봉으로 망자를 때렸다.

퍽! 퍽! 퍽!

진문이 단봉을 한 번 휘두를 때마다 망자가 하나씩 양옆으로 날아갔다. 그중 한 명의 망자가 몸을 가누지 못하고 줄다리를 넘어가 떨어졌다.

졸지에 동료 두 명이 추락했지만 혼백이 없는 망자들은 용감무쌍하게 계속 달려들었다.

그러나 용감한 게 아니라 무식하다는 게 증명되었다.

진문은 마치 고수(鼓手)가 엄청나게 빠른 박자로 북을 치듯이 두 자루의 단봉으로 망자들을 치고 패고 때리고 두들기고 후려갈겼다.

"와다다다다다다다!"

퍼퍼퍼퍼퍼퍽!

진문의 공격은 단봉으로 그치지 않았다.

그가 단봉을 내려친 다음 손목을 돌려서 단봉 끝으로 망자의 이마를 찍었다. 콱!

또 단봉을 쥔 채 주먹을 휘둘러서 망자의 턱을 돌렸다. 와
직!

그래도 쓰러지지 않는 망자가 있으면 오른발을 돌려 차서
망자의 무릎을 꺾었다. 우지끈!

마지막으로 왼발을 높이 후려 차서 망자의 뒤통수를 갈겼
다. 퍼억!

망자들은 목이 꺾이거나 뼈가 부러지거나 두개골이 박살
났다. 혹은 그 세 가지 부상을 몽땅 입었다. 그들이 혼백이 있
었더라면 차라리 일격에 줄다리 밑으로 떨어진 망자들을 부
러워할 것이었다.

순식간에 칠팔 명의 망자가 박살 나서 암흑 속으로 추락했
다.

진문은 그제야 무언가 생각났다는 듯이 단봉을 쥔 손을 들
어서 반장을 하며 중얼거리는 것이었다.

"아미타불."

진문뿐 아니라 망자를 상대로 엄청난 활약을 펼치는 자가
한 명 더 있었다.

바로 정영이었다.

일행의 후미에서 망자가 달려들 때마다 척사검이 파공음을
발하며 날아갔다.

슈우웃! 척사검이 한 치도 어긋남 없이 망자의 목을 관통

한 다음 뒷덜미에 있는 혈선충의 심맥을 꿰뚫었다.

"꿰에에엑……."

일검일살.

정영이 사일검법을 한 번 출수할 때마다 망자가 하나씩 쓰러졌다.

수십 명이 넘는 망자들이 달려드는 바람에 줄다리는 사시나무처럼 심하게 흔들렸다. 그러나 정영은 몸을 조금도 기울이지 않고 수직을 유지했다. 그리고 침착하게 일검을 출수했다.

앞은 진문이 망자들을 무차별로 공격하며 길을 열었다. 뒤는 정영이 달려드는 망자를 쾌검으로 하나씩 무릎 꿇렸다.

특히 진문의 활약이 대단했다.

망자는 혈선충의 심맥을 가르지 않는 이상 죽지 않는다. 하지만 진문의 단봉에 맞아 줄다리 밑으로 떨어지는 바람에 불사신의 몸이 아무 쓸모도 없어진 것이다.

절벽에 걸쳐진 외나무다리 같은 줄다리.

일행을 진퇴양난으로 묶어버린 지형지물이 망자들에게 오히려 독으로 작용한 셈이었다.

어느새 진문의 앞에 남은 망자는 단 세 명에 불과했다.

진문이 재차 망자 하나를 떨어뜨리며 소리쳤다.

"모두 달려라!"

괴력의 소림승이 십여 명이 넘는 망자를 물리치고 활로를 여는 데 성공한 것이었다.

문사와 제갈윤이 진문의 뒤로 바싹 붙으며 달렸다.

무명도 달리기 시작하며 정영에게 말했다.

"이제 몸을 피하시오!"

"알았소!"

정영은 척사검을 회수했다. 그리고 몸을 돌려서 무명의 뒤를 따라갔다.

그때였다.

바닥에 깔린 나무 판의 틈새에서 두 개의 손이 불쑥 튀어나와 정영의 발목을 붙잡았다.

덥석!

"……!"

망자의 기습에 정영은 깜짝 놀라며 고개를 내렸다.

실은 망자 몇 명이 밧줄을 타듯이 바닥의 나무 판을 잡고 매달리며 전진했던 것이다.

일행 누구도 그 사실을 알아차리지 못했다. 그리고 하필 활로가 뚫린 순간 망자가 손을 뻗어 정영의 발목을 낚아챈 것이었다.

정영의 몸이 달려가던 기세를 못 이기고 앞으로 고꾸라졌다.

그러나 점창파의 후기지수는 쉽게 적에게 굴하지 않았다.

사일검법은 먼 거리를 단숨에 달려들어서 검을 출수하는 검법이다. 즉 보법(步法)이 절정의 경지에 오른 뒤에야 사일검법의 진정한 위력을 발휘할 수 있었다.

물론 정영은 점창파 보법의 달인이었다.

앞으로 쓰러지는 찰나, 정영이 발목에 힘을 빼고 몸을 유연하게 했다.

"하아앗!"

동시에 등줄기에 힘을 넣으며 전신을 일자로 폈다.

척! 그녀의 몸이 비스듬히 선 채로 딱 정지했다.

마치 일(一) 자가 왼쪽으로 살짝 기울어진 듯한 모습.

발뒤꿈치로 몸을 받치고 상반신을 눕히는 철판교의 수법은 일류 고수라면 누구나 시전할 수 있다. 하지만 지금 정영처럼 앞으로 쓰러지다가 몸을 멈추는 수법은 어떤 강호인도 쉽게 펼칠 수 없는 것이었다.

정영이 후욱, 숨을 내쉬며 몸을 곧추세웠다.

"하압!"

이어서 척사검을 빙글 돌려 발목을 움켜쥔 망자의 두 손목을 차례로 찔렀다.

푹푹!

척사검이 망자의 두 손등에 바람구멍을 냈다.

하지만 망자는 여전히 정영의 발목을 틀어쥔 채 손아귀를 놓지 않았다.

그때 정영이 척사검을 찌르는 반탄력을 이용해서 허공으로 몸을 튕겼다.

퉁! 그녀의 몸이 척사검으로 망자의 손등을 찌른 채 물구나무를 서는 것처럼 거꾸로 솟아올랐다.

마지막으로 정영이 척사검으로 반원을 그리며 몸을 날렸다.

써억!

나무 판에 걸쳐 있던 망자의 열 손가락이 일검에 베어져서 날아갔다. 망자는 속절없이 어두운 구렁텅이로 떨어져 버렸다.

텅! 정영이 공중에서 몸을 회전하며 나무 판에 두 발을 딛고 착지했다.

줄다리 밑에 매달린 망자들이 그녀의 발목을 향해 미친 듯이 손을 뻗었다.

하지만 강호의 고수가 한 번 당한 기습을 두 번 반복해서 당할 리 없었다. 정영은 보법을 밟으며 망자들의 손을 요리조리 피했다.

그런데 그녀는 새로운 위기에 직면했다.

줄다리를 건너오는 망자들이 어느새 코앞에 들이닥쳤던 것이었다.

키에에에엑!

정영이 척사검을 빙글 돌리며 망자의 목을 찌르려 했다.

그러나 그녀는 검을 찌르지 못했다. 망자가 너무 가까이 접근하는 바람에 검을 쓸 공간이 없었던 것이다.

"후루룩! 추르르릅!"

먹이가 눈앞에서 멈칫거리자 망자가 입맛을 다시며 침을 튀겼다.

"……!"

항상 얼음처럼 냉정하던 정영이 침을 꿀꺽 삼키며 긴장했다.

사일검법은 먼 거리에서 뛰어드는 수법이 주를 이룬다. 적의 사정거리 밖에서 기회를 노리다가 단번에 몸을 날려서 승부를 보는 것이다.

때문에 적과의 거리 조절이 필수였다.

그런데 망자가 이미 코앞에 들이닥친 터라 사일검법을 출수할 거리가 나오지 않는 것이었다.

또한 척사검은 보통 검보다 한 자가 더 길지 않은가?

지나치게 기다란 젓가락은 오히려 음식을 집기 어렵다. 게다가 척사검은 길 뿐만 아니라 검날의 폭이 좁아서 마치 꼬챙이를 연상케 했다.

베기보다는 찌르기에 특화된 척사검.

차라리 지금 그녀의 손에 척사검이 아니라 날이 넓은 삼류 무사의 환도가 들려 있었더라면 상황이 달라졌으리라.

정영은 당황해서 뒷걸음질 치며 검을 휘둘렀다.

파파파팟······.

그러나 망자는 열 군데 넘게 난도질을 당해도 쓰러지지 않고 다가왔다.

무명이 정영의 위기를 알아차린 것은 그때였다.

무심코 고개를 돌린 무명의 눈에 막 망자들에게 둘러싸일 위기에 처한 정영이 보였던 것이다.

정영이 마구잡이로 척사검을 휘두르며 소리쳤다.

"후미는 내가 지킬 테니 달리시오!"

자신이 희생해서 망자들을 막겠다는 말이었다.

순간 무명의 뇌리를 스치는 광경이 있었다.

수복화원의 우물을 처음 들어갔을 때, 그는 소행자를 놔두고 혼자 도망치려 했었다. 그때 바닥에 쓰러진 소행자와 지금 뒷걸음질 치는 정영의 모습이 겹쳐 보였다.

당시 무명은 미련 없이 몸을 돌렸다.

그런데 지금은······.

정신을 차리자, 무명은 몸을 돌려서 정영에게 달려가고 있는 자신을 발견했다.

무명이 허리춤에서 부적을 꺼냈다.

"몸을 숙이시오!"

정영이 무명의 목소리만 듣고 반사적으로 움직였다.

그녀는 왼쪽 무릎을 굽히며 두 손으로 바닥을 짚었다. 그리고 바닥을 쓸듯이 오른발을 차서 망자의 다리를 걸어 넘졌다.

무작정 덤비는 상대의 발을 걸어버리는 수법인 전소퇴였다.

정영이 정강이를 걷어차자 망자의 몸이 공중에 붕 떴다.

순간 무명이 달려오는 기세를 멈추지 않고 몸을 낮춘 정영을 뛰어넘었다. 그리고 망자의 이마에 부적을 붙였다.

탁!

부적은 바로 폭혈화부였다.

정영의 전소퇴를 맞고 쓰러진 망자는 곧바로 몸을 일으켰다. 그리고 두 손을 휘둘러서 코앞에 있는 무명의 얼굴을 할퀴려 했다.

그런데 혼백이 없는 망자도 무언가 이상하다는 것을 느꼈는지 동작을 멈췄다.

"키에에엑……?"

망자의 전신이 시뻘겋게 달아오르며 공처럼 부풀어 올랐던 것이다.

정영이 깜짝 놀라며 중얼거렸다.

"폭혈화부?"

"달리시오!"

무명이 멍하니 있는 정영을 밀치며 소리쳤다.

그제야 정영도 정신을 차리고 몸을 돌렸다. 둘은 공처럼 부푸는 망자를 피해 미친 듯이 달리기 시작했다.

퍼어엉!

망자는 산산조각이 나며 폭발했다. 핏물과 살점이 사방으로 튀었다.

푸시시시식!

독혈로 변한 핏물과 살점이 주위 망자에게 쏟아졌다.

망자들은 그것도 모르고 무명과 정영을 뒤쫓아서 달려들었다. 설령 독혈이 무엇인지 안다고 해도 좁은 줄다리에서 피할 곳이 없기는 마찬가지였다.

곧 줄다리를 건너던 망자들이 독혈을 맞고 연쇄 폭발을 일으켰다.

펑펑펑펑펑!

검붉은 피의 홍수가 절벽 중간의 허공에 쏟아졌다. 쏴아아아!

다행히 무명과 정영은 독혈 세례를 아슬아슬하게 피하는 데 성공했다. 먼저 장청은 연쇄 폭발을 예상하지 못하고 폭혈화부를 썼다가 독혈을 뒤집어쓰는 중상을 입지 않았는가.

정영이 뒤를 보며 소리쳤다.

"성공이오!"

"……."

그런데 무명은 싸늘한 표정을 한 채 아무 말이 없었다.

실은 그는 속으로 다른 생각을 하고 있었다.

'아니, 대실패다.'

정영을 구하는 데는 성공했다. 그러나 잠행조의 탈출은 무명이 망친 것이나 다름없었다.

망자가 득시글거리는 지하 도시. 처음부터 이번 잠행에서 희생자가 나올 것은 짐작하던 일이었다.

무명은 생각했다.

'정영을 버리고 도망쳐야 했다. 그녀도 잠행조를 위해 자신을 희생하려고 하지 않았는가?'

무명은 자신이 왜 몸을 돌려서 그녀를 구했는지 스스로도 이유를 알지 못했다.

그리고 무명이 예상했던 일이 벌어졌다.

돌바닥도 구멍을 뚫어버리는 독혈이 사방에 쏟아지자 안 그래도 낡은 줄다리가 버티지 못했던 것이다.

치지지지직.

독혈이 쏟아지자 동아줄과 나무 판이 삽시간에 녹았다.

이윽고 줄다리를 지탱하고 있는 동아줄들이 하나씩 끊어지기 시작했다.

지지직… 텅!

줄다리가 한쪽으로 심하게 기울며 출렁거렸다.

앞서가던 제갈윤이 소리쳤다.

"으아아악! 갑자기 뭐야?"

"줄다리가 곧 끊어질 것이오!"

"뭐, 뭐라고?"

무명의 말에 일행은 깜짝 놀라며 경악했다. 정영도 그제야 폭혈화부를 쓴 게 어떤 위험을 초래했는지 깨닫고 입을 딱 벌렸다.

일행이 경악해서 발을 멈추었을 때, 무명이 재차 소리쳤다.

"줄을 붙드시오!"

무명의 명령이 무슨 뜻인지 가장 먼저 알아차린 자는 진문이었다.

진문이 오른팔을 동아줄에 대고 두 바퀴를 빙빙 돌렸다. 그러자 뱀이 똬리를 튼 것처럼 동아줄이 그의 팔에 칭칭 감겼다.

"빨리!"

그제야 다른 일행도 상황을 깨달았다.

허공에 축 늘어진 채 떨어지는 줄다리를 밟고 멀리 반대편 절벽까지 달려갈 수 있는 자는 일행 중 아무도 없었다. 경신법이 허공답보 수준에 이르지 않는 이상 불가능했다. 혹시 이강과 송연화라면 가능할지도 몰랐다.

일행은 모두 미친 듯이 동아줄에 팔을 감고 붙잡았다. 무명도 동아줄이 얽힌 곳에 팔을 끼어서 절대 빠지지 않게 붙들어 맸다.

제갈윤이 고래고래 소리를 질렀다.

"이 좁은 데서 폭혈화부를 쓴 것이냐? 이 미친놈아!"

그는 동아줄에 양손을 감은 것도 모자라 나무 판 사이를 벌려서 발목을 끼워 넣기까지 했다.

텅, 텅, 텅!

줄다리를 지탱하는 남은 세 개의 동아줄이 모두 끊어졌다.

두 절벽을 잇는 줄다리는 중간 연결 부분이 끊어지자 좌우로 찢어지며 아래로 내려갔다.

촤아아아아악!

갑자기 발밑에 닿아 있던 나무 판이 사라졌다. 일행은 마치 무중력 공간에 있는 것처럼 잠깐 공중에 붕 떴다. 그리고 곧 줄다리에 매달려서 밑으로 추락했다.

문사의 비명 소리가 들렸다.

"으아아아아……."

줄다리 반쪽이 일행을 매단 채 절벽을 향해 떨어졌다.

무명은 떨어지는 와중에 반대편 줄다리를 봤다.

그곳에는 폭혈화부의 독혈에 당하지 않은 망자들이 아직 수십여 명이 넘게 남아 있었다.

망자들은 줄다리가 끊어지자 두 팔을 허우적거리며 밑으로 추락했다. 지금 무슨 일이 벌어졌는지 전혀 눈치채지 못하는 얼굴이었다.

하지만 혼백이 없어도 죽음의 순간은 깨닫는 것일까?

망자들은 문사처럼 길게 비명을 지르면서 암흑 속으로 추락했다.

키에에에에엑…….

일행이 매달려 있는 줄다리는 잠시 축 늘어진 채 떨어졌다.

그러다가 절벽에 고정된 부분이 반대쪽을 잡아당겼다. 이제 줄다리는 허공에서 일(一)자로 팽팽하게 퍼진 채 잔도가 있는 절벽 쪽으로 내려갔다.

진문, 문사, 제갈윤은 줄다리를 거의 다 건넌 참이었다.

그러나 줄다리 중간에 매달린 무명과 정영은 마치 하늘을 나는 것처럼 엄청난 속도를 견뎌야 했다.

부우우우웅!

줄다리의 끄트머리가 반원을 그리고 떨어지며 절벽을 향해 돌진했다.

바로 무명과 정영이 매달려 있는 부분이었다. 줄다리의 끝이 절벽에 요란하게 충돌했다.

철퍽! 줄다리가 무명과 정영을 절벽에 세차게 내동댕이쳤다.

마치 채찍을 크게 휘둘러서 내려치는 것처럼.

퍼억!

둘은 이를 꽉 다문 채 동아줄을 붙잡고 충격에 대비했다.

줄다리가 절벽에 부딪치는 순간, 정영은 두 발로 마구 절벽을 차면서 몸이 받는 충격을 최대한 줄여 버렸다.

타타타탓!

강맹한 힘을 받아서 흘려 버리는 무당면장과 같은 수법이었다.

하지만 무공을 모르는 무명은 그대로 절벽에 충돌하고 말았다.

쿵!

무명은 거대한 쇠망치가 자신을 내려치는 듯한 충격을 받았다.

그는 거의 혼절한 상태가 되어 동아줄을 놓쳤다. 동아줄에 끼워둔 팔이 스르르 풀렸다.

무명이 아래로 추락했다.

그는 의식이 사라지면서 허공에서 대(大)자로 사지를 펼치며 떨어졌다.

정영이 무명을 향해 손을 내밀었다.

"무명!"

순간 무명이 본능적으로 손을 뻗었다.

탁! 둘이 손을 맞잡았다. 정영이 무명을 구한 것이었다.

그때였다.

위에서 무언가가 떨어져서 정영의 머리를 강타했다.

쿠웅! 물체는 다름 아닌 망자였다. 진문이 미처 처리하지 못했던 두 명의 망자 중 하나가 추락하면서 하필 정영에게 부딪친 것이었다.

정영은 정신이 아득해졌다. 그러나 이를 악물고 무명의 손을 놓지 않았다.

그녀가 온 힘을 다해 말했다.

"무명, 정신 차리시오……."

하지만 무명은 이미 혼절한 뒤였다.

게다가 그녀가 팔을 감은 동아줄의 윗부분에 독혈이 묻었
는지 동아줄은 녹아내리고 있었다.
　지지지지직…….
　곧 올이 풀리며 동아줄이 끊어졌다.
　투두둑!
　무명과 정영은 손을 맞잡은 채 절벽 밑으로 떨어졌다.

5장.

대탈주(大脫走)

칠흑 같은 암흑 속에 한 인영이 쓰러져 있었다.

긴 머리를 틀어서 두건 속에 집어넣고 청수한 차림새를 한 여인.

바로 정영이었다.

곧 혼절해 있던 정영이 게슴츠레 눈을 떴다.

"여기가 어디지?"

그때 귓가에 물 흐르는 소리가 들렸다. 그녀는 무심코 중얼 거렸다.

"물소리? 운남에 돌아온 건가?"

정영이 나고 자란 곳은 중원의 서남쪽 끝에 자리한 운남 땅이었다.

세상 사람들은 중원 무림을 두고 강호라고 부른다.

하지만 운남이야말로 진정한 강호라고 할 수 있었다. 운남에는 강(江)과 호수(湖水)가 수없이 많았기 때문이다.

운남은 네 계절이 모두 따뜻했다. 여름은 크게 무덥지 않았고, 겨울은 얼음이 얼지 않았다. 때문에 운남의 아이들은 어려서부터 물을 벗 삼아 놀았다.

어디선가 흐르는 물소리를 듣자 정영은 고향에 돌아온 기분이 들었던 것이다.

곧 흐리멍덩했던 시야가 밝아졌다.

그런데 운남이 아니었다.

주위는 칠흑 같은 암흑이 끝없이 펼쳐져 있었다. 또한 전신이 축축하게 젖어 있었다.

"으음……."

정영은 신음 소리를 내며 몸을 일으켰다. 고개를 들자 이마에서 환한 빛이 둥글게 퍼져서 주위의 어둠을 지웠다.

육안룡의 빛줄기였다.

정영은 그제야 정신이 번쩍 들었다.

"여기는 운남이 아니다."

지난 하루의 일이 그녀의 머릿속을 스치고 지나갔다.

무림맹의 잠행조로 황궁 밑 지하에 있는 망자 소굴에 들어왔다.

망자비서를 찾는 임무를 마치고 새 탈출로를 찾았다. 그러다가 절벽에 걸쳐진 줄다리 위에서 망자들에게 포위당했다. 그리고 망자와 싸우던 중 줄다리가 끊어지는 바람에 절벽 밑으로 떨어졌다.

　정영은 주위를 둘러보다가 자신이 죽지 않은 이유를 깨달았다.

　절벽 밑의 바닥에 강이 흐르고 있었던 것이다.

　"강으로 떨어진 덕분에 살았군."

　정영이 쓰러져 있던 곳은 강 옆의 자갈밭이었다.

　강은 시냇물이라고 할 만큼 폭이 좁았다. 하지만 중간의 물속은 꽤 깊은 것 같았다. 육안룡의 빛줄기를 비쳐도 바닥이 보이지 않았다.

　만약 물의 깊이가 조금만 얕았더라면 높은 곳에서 추락해 죽었을 것이다.

　어려서부터 물놀이를 좋아했던 정영.

　그녀는 물이 자신을 살려주었다는 사실이 신기했다.

　"고마워."

　정영이 물을 보며 속삭였다.

　그때 잠시 잊고 있었던 기억이 되살아났다.

　"무명!"

　끊어진 줄다리가 절벽과 충돌해서 무명은 정신을 잃고 추락했다.

정영이 무명의 손을 붙잡았다. 하지만 망자와 부딪쳐서 충격을 받은 것도 모자라 동아줄이 독혈에 끊기는 바람에 함께 떨어지고 말았던 것이다.

"무명, 어디 있소?"

정영이 주위를 돌아보며 소리쳤다.

"무명! 살아 있으면 대답하시오!"

무명의 대답은 들리지 않았다. 단지 정영의 목소리가 절벽에 부딪쳐서 메아리가 되어 돌아올 뿐이었다.

문득 불길한 예감이 들었다.

혹시 무명은 절벽 밑으로 추락해서 죽은 게 아닐까?

"아니야. 그럴 리가 없어."

정영은 고개를 저으며 잡생각을 떨쳤다.

그녀는 육안룡의 빛줄기로 주위를 둘러보며 무명을 찾았다. 하지만 무명의 모습은 어디에도 보이지 않았다.

고개를 들자 까마득한 절벽이 위를 향해 뻗어 있었다. 정영이 입가에 손을 모아 외쳤다.

"진문! 들리시오?"

정영은 혹시나 하는 생각에 잠깐 기다렸다.

하지만 진문의 대답은 들리지 않았다.

절벽 위의 꼭대기까지 목소리가 전달되는지도 의문이었다. 결국 그녀의 목소리는 자욱하게 긴 안개를 뚫지 못하고 흩어져 버렸다.

그때 정영은 어떤 생각이 들어 주위를 돌아봤다.

"망자들은?"

망자는 혈선충의 심맥을 가르지 않는 이상 죽지 않는다. 절벽 위에서 추락했어도 다시 몸을 일으키고 먹이를 찾아 헤매고 있지 않을까?

그리고 만약 검이 없는 채로 망자들과 맞닥뜨린다면…….

정영은 침을 꿀걱 삼켰다. 그리고 몸을 숙인 다음 척사검을 찾기 시작했다.

그런데 그녀의 걱정은 기우였다. 척사검은 바로 그녀가 쓰러져 있던 근처에 떨어져 있었던 것이다.

정영은 척사검을 집어 들었다.

"다행이군."

그녀는 사일검법을 처음 수련한 이후로 항상 검 자루를 손에서 놓지 않았다. 밤에도 오른손에 검 자루를 쥔 채 잠이 들었다.

절벽에서 떨어지면서도 그녀는 검을 놓지 않았다. 때문에 척사검은 강물을 따라 멀리 흘러가지 않았던 것이다. 그녀의 평소 버릇이 목숨을 구한 셈이었다.

정영은 척사검을 들고 절벽을 향해 걸었다. 줄다리가 걸쳐진 곳으로 다시 올라갈 방법을 찾기 위해서였다.

하지만 저절로 한숨이 나왔다.

"무슨 수로 길을 찾지?"

정영은 난감한 얼굴로 위로 뻗어 있는 절벽을 쳐다봤다.

그녀가 살던 곳은 강과 호수가 많지만 지세가 험하지 않아 어린아이도 쉽게 길을 찾았다.

그러나 대도시는 전혀 달랐다.

점창파의 후기지수로 무림맹에 파견된 정영은 처음 도시에 도착한 날 한 시진이 넘도록 길을 헤맸다. 도시의 골목은 그녀에게 미로나 다름없었다. 이후로도 조금만 길이 복잡하면 방향을 잃고 헤매기 일쑤였다.

즉 정영은 타고난 길치였다.

그런데 길을 안내하는 무명은 죽었는지 살았는지 소식이 없는 것이다.

정영은 절벽 위로 올라갈 길을 찾을 수 있을지 자신이 없었다. 길을 찾기보다 차라리 망자와 싸우는 쪽이 속 편할 것 같았다.

그때였다. 절벽 한쪽에서 무언가가 빛줄기를 반사하며 반짝거렸다.

"저것은?"

절벽으로 다가간 정영은 반짝이는 물건의 정체를 알아차렸다.

절벽에는 수직으로 줄을 이어서 홈이 파여 있었고 그곳에 나무 판들이 강철못으로 고정되어 있었다. 육안룡의 빛을 반사하던 것은 바로 강철못이었다.

그녀가 깜짝 놀라며 중얼거렸다.

"잔도가 여기까지?"

줄다리 건너편의 절벽에서 꼭대기를 향해 박혀 있던 잔도.

그 잔도가 지금 정영이 서 있는 절벽의 바닥까지 이어져 있는 것이었다.

정영은 어이가 없었다.

"길치인 내가 이렇게 쉽게 길을 찾을 줄이야."

잔도를 올라가면 진문을 만날 수 있을 것이다. 또한 지하 도시를 탈출할 수 있으리라.

정영은 나무 판을 잡고 잔도 오를 준비를 했다.

그러나 다음 순간, 그녀는 손을 떼면서 한 걸음 뒤로 물러섰다. 그리고 무심코 손바닥을 들어서 쳐다봤다.

바로 무명과 마주 잡았던 손이었다.

물에 젖어서 한기로 몸이 떨렸지만 왠지 손바닥만큼은 따뜻하게 온기가 느껴졌다.

"손을 잡고 함께 떨어졌으니 무명도 강에 빠졌을 확률이 높아."

그녀는 마치 혼절하기 전의 일을 직접 본 것처럼 중얼거렸다.

정영이 잔도에서 몸을 돌리며 스스로에게 다짐했다.

"무명을 찾아서 돌아간다."

그리고 지하 어딘가에 있을 무명을 찾아 나섰다.

정영이 암흑 속을 헤맨 지 어느새 차 한 잔 마실 시간이 지났다.

하지만 무명의 모습은 보이지 않았다.

운남은 강과 호수가 많은 땅이다. 그녀는 조금만 시간이 지나도 강에 빠진 사람이나 물건이 생각보다 멀리 흘러간다는 사실을 잘 알고 있었다.

때문에 그녀는 포기할 수 없었다.

강에 빠진 무명이 자신과 상당한 거리를 떨어져 있을 가능성이 높았으니까.

정영이 말했다.

"제발 살아만 있으시오."

그때였다. 멀리 암흑 속에서 무슨 소리가 들렸다.

찰박, 찰박, 찰박……

사람의 발소리였다. 누군가가 물가를 밟으며 정영 쪽으로 다가오고 있었다.

정영은 기쁜 마음에 소리치려고 했다. 그러다가 무슨 생각이 들었는지 꾹 입을 다물었다.

혹시 무명이 아니라 망자라면?

줄다리에 있던 망자는 수십 명도 넘었다. 독혈이 묻어서 폭발하지 않은 망자만 해도 족히 십여 명 이상 되리라. 그들이 절벽 바닥에 떨어진 뒤 몸을 일으켜서 먹이를 찾고 있다고 해도 전혀 이상하지 않았다.

정영이 천천히 척사검을 가슴 앞으로 들어 올렸다. 망자로 확인되는 순간 사일검법을 출수할 준비를 한 것이었다.

곧 암흑 속에서 한 명의 사람 그림자가 나타났다.

무명일까? 아니면 망자일까?

그런데 인영의 정체는 무명도 망자도 아니었다.

정영이 깜짝 놀라며 말했다.

"제갈윤?"

어둠을 뚫고 나타난 자는 다름 아닌 제갈윤이었던 것이다.

제갈윤도 정영을 보고 깜짝 놀란 얼굴로 말했다.

"정영? 살아 있었군!"

그는 마치 구세주를 만난 것 같은 얼굴이었다.

"다행이오! 정말 다행이오!"

정영 역시 기뻤다. 잠행조에서 민폐만 끼치던 제갈윤이지만, 망자 소굴의 지하 깊은 곳에서 살아남은 그를 보자 저절로 안도의 한숨이 나왔다.

그러나 마음 한구석에는 무명이 아니라서 아쉬워하는 감정이 있었다.

정영이 물었다.

"당신이 왜 여기 있는 것이오? 진문과 함께 줄다리를 건너간 게 아니었소?"

그러자 제갈윤이 두 눈썹을 찡그리며 말했다.

"그걸 몰라서 묻소? 줄다리가 절벽에 부딪치는 바람에 손을 놓치고 떨어졌소. 진문은 제갈세가의 자제인 나를 돕기는커녕 문사부터 챙기더군."

정영과 만났을 때만 해도 잠시 온화했던 제갈윤은 금세 평소처럼 불만을 늘어놓았다.

그가 요란하게 재채기를 했다.

"에취! 정말 죽는 줄 알았지 뭐요? 강으로 떨어진 게 천만다행이었지."

정영이 고개를 끄덕이며 대꾸했다.

"이런 지하에 깊은 강이 있다니, 뜻밖이긴 하오."

그런데 제갈윤이 피식 웃으며 말하는 것이었다.

"이 강은 원래 있던 게 아니오."

"그걸 어떻게 아시오?"

"허어, 여태껏 그것도 모르고 있었소?"

제갈윤이 퉁명스럽게 대답했다.

"빙옥환이 깨져서 물이 녹은 것이오."

"……!"

그제야 정영은 지하에 흐르는 강의 비밀을 깨달았다.

빙옥환 탓에 얼어붙어 있던 지하의 수원이 몽땅 녹고 있는 게 분명했다. 갑자기 물이 불어났으니, 강의 폭이 좁은 반면, 이상하게 깊은 것도 당연했던 것이다.

만약 빙옥환이 깨지지 않았다면 절벽 바닥은 강이 아니라

쇠처럼 단단한 얼음 바닥이었을 것이다. 정영이 강으로 떨어져서 살아난 것은 실로 천운이었다.

제갈윤이 물었다.

"어디 다친 곳은 없소?"

정영은 그가 마음에 들지 않았지만, 웃는 얼굴에 침을 뱉을 수는 없었다.

"괜찮소. 별다른 부상은 없소."

"천만다행이군. 하늘이 도왔소."

제갈윤은 진심으로 말하는 것 같았다. 정영도 그 말에 살짝 미소를 머금었다.

이번에는 정영이 물었다.

"진문과 문사는 어찌 되었소?"

"모르겠소. 둘이 떨어지는 것은 못 보았소. 아마 줄다리를 건너서 잔도를 올라갔겠지."

"그랬군."

정영은 제갈윤이 무명의 생사를 묻지 않는다는 것을 깨달았다. 안 그래도 사이가 좋지 않던 무명의 일을 그가 먼저 물을 리 없었다.

그녀가 먼저 말을 꺼냈다.

"무명도 함께 떨어졌소. 지금 그를 찾는 중이오."

그러자 제갈윤이 재차 퉁명스럽게 말했다.

"서생 놈을 찾고 있다고? 흥! 쓸데없는 짓이오."

"그게 무슨 소리요?"

정영도 이번만큼은 참을 수 없었다. 서로 감정이 있는 것을 떠나 공과 사는 구별해야 되는 것이 아닌가.

그런데 제갈윤이 입꼬리를 말아 올리며 씨익 웃는 것이었다.

"아직도 그 서생 놈을 마음에 두고 있소? 이제 그만두시오."

"말이 심하군. 무명은 잠행조 조장이오."

"하! 조장? 그놈이 언제부터 조장이었는데?"

제갈윤의 목소리가 카랑카랑하게 변했다. 이어서 그가 뜻밖의 말을 꺼냈다.

"서생 놈이 우리를 속였소."

"뭐라고?"

"망자가 동료에게 신호를 보내면 등줄기가 붉게 변한다고? 하하하하! 다 새빨간 거짓말이었소!"

"설마 그럴 리가……."

정영은 그의 말을 믿을 수 없었다. 그녀가 반문했다.

"대체 왜? 무명이 우리를 속일 이유가 없지 않소?"

"이유? 이유야 만들면 되지. 애초에 그놈은 자기 이익밖에 모르는 자요."

정영도 그 말은 인정하지 않을 수 없었다. 무명은 매사에 임무만 우선할 뿐 지나치게 인정이 없는 것이 사실이었다.

"서생 놈이 그런 거짓말을 한 이유는 하나밖에 없소."

"무엇이오?"

제갈윤의 마지막 말이 정영을 충격에 빠뜨렸다.

"망자비서를 손에 넣은 뒤 무림맹을 배신하고 도망치려는 것이오."

제갈윤이 말했다.

"우리는 지금까지 서생 놈에게 감쪽같이 속았소."

그의 목소리가 어느새 냉랭하게 바뀌어 있었다.

"망자가 신호를 보내면 등줄기가 붉어진다는 말은 개소리에 불과했소. 모두 망자비서를 독차지하기 위한 술수였단 말이오."

"그럴 리가 없소."

정영은 그의 말을 들으면 들을수록 믿기 어려웠다.

"무명이 지금까지 우리를 속였다고?"

"그렇다니까! 놈이 지금까지 한 거짓말은 그게 다가 아니오. 당신도 알고 있지 않소?"

"……."

정영은 대답이 궁해졌다. 제갈윤의 말이 사실이었기 때문이다.

"서생 놈은 망자비서를 찾는 것만 궁리하고 잠행조의 안위는 신경도 쓰지 않았소. 우리가 지하에서 죄다 죽든 말든 망자비서만 챙기면 혼자 도망칠 놈이오."

"강호의 삼류 무사가 아닌 이상, 임무를 우선하는 것을 탓할 수는 없지 않겠소?"

정영이 힘없는 목소리로 반문했다.

제갈윤이 카랑카랑한 목소리로 바로 반박했다.

"하하하하! 거짓말로 동료를 속이고 혼자 도망치는 게 임무라고? 게다가 무림맹을 배신할지도 모르는데?"

그가 광소를 터뜨렸다.

"그럼 대답해 보시오. 당신과 함께 떨어졌다는 서생 놈이 지금 어디 있는 거요?"

"아직 찾고 있는 중이라⋯⋯."

"내가 말해볼까? 놈은 정신을 차린 뒤 당신은 신경도 안 쓰고 비밀 통로를 찾아서 절벽 위로 올라갔을 것이오."

"⋯⋯."

"놈이 백부님의 명령을 핑계 삼아 지하 도시의 길을 우리에게 알려주지 않던 것을 기억하오? 비밀 통로를 혼자만 알기 위해서였지. 이래도 놈을 믿겠소?"

정영은 더는 반박하지 못하고 입을 다물었다.

제갈윤의 말도 가능성이 없지 않았다.

아니, 나름대로 일리가 있었다. 그게 아니라면 왜 무명의 모습은 어디에도 보이지 않는다는 말인가?

정영은 할 말을 잃고 침묵했다.

제갈윤이 말했다.

"문제는 이 절벽을 어떻게 올라가냐 하는 것이군."

"올라갈 길은 찾았소. 절벽에 붙은 잔도가 이곳 바닥까지 이어져 있소."

"그게 정말이오?"

제갈윤은 구명줄을 잡은 표정이었다.

"거기가 어디요? 빨리 올라갑시다!"

"먼저 무명을 찾아야 하오."

정영이 고개를 저으며 말했다.

제갈윤의 말을 믿지 못하는 것은 아니었다. 하지만 무작정 그의 말을 믿고 무명을 포기할 수도 없는 일이었다.

정영은 생각했다.

'일단 무명을 찾아서 그에게 진상을 물어야 한다.'

만약 무명이 제갈윤의 말대로 정말 망자비서를 차지하고 일행을 배신하려 했다면? 그때는 미련 없이 그를 처치할 것이다.

그런 정영의 마음은 전혀 모르는지 제갈윤이 비아냥거리며 중얼거렸다.

"아하, 그렇지. 잠행조 조장의 목숨이 중하시겠지."

정영은 그의 말을 못 들은 척했다.

그때 제갈윤이 진지한 얼굴을 하며 말했다.

"실은 내가 이상한 장소를 발견했소."

"어떤 곳이오?"

"절벽에 난 통로 속으로 들어가자 넓은 공터가 있었소. 밖에서 보기만 해서 안에 뭐가 있는지 잘 모르겠소. 하지만 정말 이상한 장소라는 점은 틀림없었소."

정영은 제갈윤이 왜 공터를 조사하지 않았는지 알 것 같았다.

위험한 곳에 제 발로 들어갈 리 없는 자였다. 그는 발을 뺐다가 정영을 만나자 함께 가자고 둘러대는 것이리라.

제갈윤이 몸을 돌리며 말했다.

"이쪽이오."

정영은 잠시 주저하다가 그를 따라가기로 마음먹었다.

어차피 무명을 찾기 전에는 떠날 수 없었다. 게다가 망자비서를 찾는 것 말고 지하 도시의 비밀을 알아내는 것도 잠행조의 임무에 해당했다.

정영이 고개를 끄덕이며 말했다.

"가봅시다."

그녀는 제갈윤을 따라 발을 옮겼다.

제갈윤이 말한 장소는 생각보다 가까운 곳에 있었다.

둘은 금방 그곳에 도착했다. 그의 말대로 절벽에 통로가 뻥 뚫려 있었다.

그런데 통로가 난 위치가 확실히 이상했다.

정영은 통로 주위를 살피며 생각했다.

'이 통로는 강이 생기기 전에는 들어갈 수 없었겠군.'

통로는 절벽의 폭이 갑자기 좁아진 곳에 자리했는데, 바로 옆이 강가와 맞닿아 있었다. 게다가 통로의 아랫부분이 아직 축축하게 젖어 있는 상태였다.

'같은 양의 물이라도 얼음이 되면 부피가 커진다.'

즉 물이 녹기 전에 통로는 얼음으로 막혀 있었으리라 짐작되었다. 얼음이 녹고 수위(水位)가 내려가자 막혀 있던 통로가 비로소 모습을 드러낸 것이었다.

빙옥환이 깨지기 전까지는 얼음으로 가려져 있던 통로.

제갈윤의 말대로 살펴볼 가치가 있었다.

"그럼 들어가겠소."

제갈윤이 앞장을 섰다. 둘은 육안룡의 빛줄기를 비추며 통로 속으로 들어갔다.

통로는 걷기가 쉽지 않았다. 폭이 좁은 것은 물론, 바닥 곳곳에 돌부리가 삐죽 튀어나와 있었기 때문이다.

정영은 잘못해서 돌부리를 걷어찬 게 한두 번이 아니었다. 걸음을 옮길 때마다 돌부리에 발이 걸렸다. 그렇다고 암흑 속에서 갑자기 망자가 튀어나오면 큰일이니, 바닥을 보고 걸을 수도 없었다.

보법이 경지에 오른 정영도 신경이 쓰일 정도였다.

하지만 제갈윤은 마치 평지를 걷는 것처럼 몸놀림이 가벼웠다.

그가 뒤를 보며 말했다.

"뭐 하시오? 서두르시오."

정영은 좀 더 속도를 내서 그를 따라잡으려고 했다. 그런데 정신을 차리고 보면 제갈윤은 어느새 훌쩍 앞으로 가 있는 것이었다.

정영은 고개를 끄덕였다.

'제갈세가의 경신법은 과연 뛰어나군.'

드디어 통로가 끝나고 공터가 나왔다.

"다 왔소. 바로 이곳이오."

공터는 병사들이 사열한 광장이나 괴물의 입속처럼 넓은 광장은 아니었다. 말 그대로 작은 공터로, 먼저 약방을 몇 개 붙여놓은 크기였다.

제갈윤이 공터 중앙으로 성큼성큼 걸어갔다.

정영도 그를 따라가려 했다. 그때 발이 무언가에 걸렸다.

턱!

튀어오른 돌부리가 아니라 꽤 큼지막한 돌 같았다. 그런데 이상하게도 발이 전혀 아프지 않았다. 돌이 단단하지 않고 발이 들어갈 만큼 물렀기 때문이다.

솜을 꽉 집어넣은 베개를 찬 듯한 기분…….

정영은 고개를 숙여서 발밑을 내려다보다가 무심코 중얼거렸다.

"이게 뭐지?"

발에 차인 것은 돌이 아니었다.

그것은 작은 항아리만 한 크기였는데, 잎을 열지 않은 꽃봉오리처럼 생긴 물체였다.

주위를 둘러보자 공터 여기저기에 꽃봉오리 항아리가 놓여 있었다. 얼핏 봐도 수십 개가 넘는 숫자였다. 왠지 모르게 섬뜩한 광경이었다.

그때였다.

방금 발로 찬 항아리가 사방으로 쪼개졌다. 쫘아악. 마치 꽃봉오리가 때가 되어 꽃잎을 활짝 펼치는 것을 보는 듯했다.

쪼개진 항아리의 모습은 더욱 이상했다. 항아리 중간이 둥근 원통처럼 생겼는데 그 안에 수많은 구멍이 숭숭 뚫려 있었기 때문이다.

정영이 제갈윤에게 물었다.

"제갈윤, 이게 대체 무엇이오?"

"조심하시오. 당신이 찬 것은 바로 혈선충의 단지요."

"뭐라고?"

정영은 깜짝 놀라서 척사검을 겨누며 한 걸음 뒤로 물러섰다.

"그걸 어떻게 알았소?"

"글쎄? 그걸 알아내려고 당신과 함께 조사하고 있는 것 아니오?"

제갈윤이 등을 돌린 채로 어깨를 으쓱거렸다.

정영은 왠지 이상한 기분이 들었다. 통로 속으로 들어온 뒤

한 번도 그의 얼굴을 보지 못했던 것이다.

생각해 보니 이상한 점이 하나둘이 아니었다.

제갈윤이 돌부리를 피하며 걷는 경신법은 과연 대단했다. 하지만……

'그가 언제부터 발을 절지 않은 거지?'

정영은 고개를 갸웃거리며 생각했다. 망자한테 물린 발목이 이제 아프지 않은 것일까? 게다가 그는 얼어붙은 호수에서 진문에게 발등을 밟히지 않았던가?

문득 더욱 이상한 생각이 떠올랐다. 그녀가 재차 물었다.

"한 가지 물어도 되겠소?"

"마음대로."

"당신은 망자가 동료에게 신호를 보내면 등줄기가 시뻘겋게 변한다는 게 무명의 거짓말이라고 했소."

"그런데?"

"그게 거짓말인 줄은 어떻게 알았소?"

"궁금하다는 게 고작 그거요?"

제갈윤은 별것 아니라는 듯이 심드렁한 목소리로 말했다.

"강에 비친 모습을 보고 알았소."

"혈귀들을 조종하는 망자를 만났다는 말이오?"

정영이 깜짝 놀라며 물었다.

"말하자면 그런 셈이오."

제갈윤이 뒤로 고개를 돌렸다. 그런데 그의 목에서 뼈가 어긋나는 소리가 났다.

으드드드득.

소리는 곧 기분 나쁜 마찰음으로 바뀌었다.

끼릭, 끼릭, 끼릭…….

마치 잔뜩 녹이 슨 강철 문을 억지로 열어젖힐 때 나는 듯한 소리.

제갈윤의 목이 천천히 뒤쪽으로 돌아갔다. 끼리리릭. 그리고 정확히 반 바퀴를 돈 다음 정지했다. 딱.

"이 절벽까지 오면 네놈들이 도망칠 수 있는 길이 나오지. 그래서 할 수 없이 나는 혈귀들을 불렀다."

그가 목을 백팔십도로 돌려서 정영을 마주 보며 말했다.

"그런데 배를 타고 강을 건너면서 등을 슬쩍 물에 비쳐보니 시뻘게지기는커녕 멀쩡했단 말씀이야? 서생 놈이 새빨간 거짓말을 했다는 증거가 아니고 무엇이냐?"

쩌어어억!

제갈윤이 턱이 빠지도록 입을 크게 벌렸다.

"이제 이해가 됐냐? 이 멍청한 년아!"

그의 입에서 시뻘건 혈선충들이 뿜어져 나왔다.

쐐애애애액!

제갈윤은 어느새 망자가 되어 있었던 것이다.

정영은 눈앞에 펼쳐지는 광경을 믿을 수 없었다. 오히려 자신의 두 눈에 의심이 갔다.

하지만 어떤 생각들이 머릿속을 빠르게 스치고 지나갔다.

제갈윤이 흑랑비서의 부적만 믿고 미궁을 돌아다니던 병사들에게 함부로 접근했다가 혈선충의 촉수에 얼굴이 칭칭 감겼던 일. 또 괴물의 입에서 망자 머리인 줄 모르고 걷어찼다가 발목을 물어뜯겼던 일 등등.

그 밖에도 제갈윤이 혈선충에 감염되었을 상황은 무수히 많았다.

일행 중 망자가 됐을 가능성이 가장 많은 자를 단 한 명만 꼽는다면?

바로 제갈윤이었다.

제갈윤이 그녀를 향해 몸을 돌렸다. 그리고 한 걸음, 한 걸음 다가왔다.

터벅, 터벅, 터벅······.

"걱정하지 마라. 금세 끝날 테니."

"······."

정영은 무엇에 홀린 듯이 꼼짝 못 한 채 제갈윤을 쳐다봤다.

순간, 조심해서 천천히 걸어오던 제갈윤이 갑자기 미친 듯이 달리기 시작했다.

탁탁탁탁탁탁!

그의 입에서 혈선충이 튀어나와 꿈틀거렸다.

카라라라라락!

제갈윤이 정영을 덮쳤다.

그때 한 줄기 빛이 허공을 갈랐다.

정영이 순식간에 세 걸음을 뒤로 물러서며 척사검을 찌른 것이었다.

일검일살. 정영의 사일검법이 제갈윤에게 출수되었다.

슈우웃!

그러나 제갈윤은 이미 사일검법에 대비하고 있었다.

척사검이 날아오는 찰나, 그가 최대한 몸을 숙이며 턱을 가슴 쪽으로 바싹 붙였던 것이다.

그의 목을 겨냥했던 척사검은 목표를 빗나갔다. 제갈윤이 고개를 깊이 숙이는 바람에 검은 그의 목구멍 속에 박혔다.

푹!

검 끝이 제갈윤의 목구멍을 관통해서 머리 뒤쪽으로 빠져 나왔다.

평범한 대결이었다면 제갈윤은 이미 절명했으리라.

하지만 망자로 변한 그는 멀쩡했다.

"쿠헬헬레렐레… 크큭큭거걱……."

제갈윤이 목구멍을 검에 찔린 채로 침을 튀기며 웃어젖혔다. 바람 새는 소리가 겹쳐진 그의 웃음소리는 기괴하기 짝이 없었다.

정영은 일검이 실패했지만 당황하지 않았다. 그녀는 재빨리 뒤로 물러서며 검을 회수해서 이차 공격을 시도하려 했다.

그때 제갈윤이 위아래 이빨을 세게 다물었다.

콰드드득!

정영이 깜짝 놀라서 팔에 힘을 주었다. 하지만 척사검은 사냥 덫에 걸린 것처럼 제갈윤의 이빨에 물려서 한 치도 빠지지 않았다.

"……!"

그녀는 이번에야말로 정말 당황했다.

터억! 제갈윤이 척사검을 입에 문 채로 달려들어서 정영의 두 어깨를 붙잡았다.

그리고 자신의 얼굴을 정영에게 바싹 갖다 댔다.

쌔애애애애액!

제갈윤의 얼굴에 있는 칠공(七孔), 일곱 개의 구멍에서 혈선충이 뿜어져 나와 정영의 얼굴로 쏟아졌다.

좌르르르륵!

제갈윤의 눈, 코, 입, 귀의 구멍에서 혈선충이 튀어나왔다.

가느다란 지렁이 같은 수백 마리의 혈선충 다발이 정영의 얼굴에 쏟아졌다.

푸와아아악!

얼굴이 온통 혈선충 뒤범벅이 된 순간.

사일검법은 적에게 일직선으로 달려들어 치명상을 입히는 검술이다. 때문에 뛰어들어서 공격이 실패할 경우, 신속하게 뒤로 후퇴하는 보법과 상황 판단이 중요했다.

그 임기응변의 수법이 그녀 자신의 목숨을 구했다.

정영이 있는 힘껏 척사검을 잡아당겼다.

"커거거그걱!"

제갈윤은 그녀를 비웃으며 이빨을 꽉 다문 턱을 뒤로 뺐다.

순간 정영이 검 자루를 놓아버렸다.

탁!

억지로 검을 뽑으려 하기보다는 순간적인 판단에 몸을 맡긴 것이었다.

온 힘을 턱에 주던 제갈윤은 자신의 힘을 이기지 못하고 몸을 비틀거렸다.

그때 정영이 왼발을 뻗어 그의 배를 걷어찼다. 퍽! 계속해서 그녀는 공중에 신형을 날리며 크게 도약했다. 그리고 오른발로 제갈윤의 턱주가리를 날려 버렸다.

빠각!

제갈윤의 턱뼈가 두 동강으로 박살 났다.

정영은 그대로 몸을 회전하며 빙글 공중제비를 돌았다. 이어서 한 바퀴를 돌아 자신이 원래 서 있던 자리에 사뿐히 착지했다.

"끄어어억!"

제갈윤이 강한 충격을 못 이기고 뒤로 세 걸음 물러났다. 그의 얼굴 구멍에서 뿜어져 나왔던 혈선충도 맹금류를 만난 뱀이 도망치는 것처럼 안으로 들어가 버렸다.

차르르륵.

둘은 순식간에 일합을 겨룬 뒤 거리를 벌렸다.

일 초식 대결의 승자는 물론 정영이었다.

그러나 큰 문제가 있었다. 척사검이 제갈윤의 수중으로 들어가 버렸던 것이다.

제갈윤이 정영의 각법에 맞아 뒤로 젖혀졌던 고개를 다시 앞으로 돌렸다. 그의 두 눈이 살인귀처럼 붉게 물들어 있었다.

척! 그가 두 손으로 목구멍에 박힌 척사검의 검날을 잡았다. 그리고 검날을 손으로 잡아당기기 시작했다.

드드드드득.

뼈가 갈리면서 요란하게 마찰음을 냈다.

쑤우욱. 곧 제갈윤이 척사검을 목구멍에서 모두 빼냈다. 그가 어둠 속으로 검을 아무렇게나 팽개쳤다. 챙강.

"후우우, 빌어먹을."

턱뼈가 박살 난 탓에 제갈윤의 목소리는 바람 소리를 내며 갈라졌다.

하지만 그는 중상을 입고서도 조금도 타격이 없는지 목을 빙빙 돌리며 웃는 것이었다.

그가 멀리 던져 버린 검 쪽을 가리키며 소리쳤다.

"크흐흐흐, 일검일살? 아주 대단한 별호로군. 그런데 검이 없으니 이제 어쩔 것이냐?"

처억!

제갈윤이 품에서 두 개의 판관필을 꺼내 양손에 들었다.

정영과 제갈윤의 두 번째 합이 시작되었다.

"뒈져라!"

쉬쉬쉭!

판관필이 정영의 요혈을 향해 날아왔다.

정영이 발을 옆으로 빼며 몸을 회전해서 판관필을 피했다. 그리고 주먹의 등으로 제갈윤의 손을 쳤다.

빡! 이번에는 제갈윤의 손등이 골절되었다.

하지만 강한 충격에도 불구하고 망자라서 고통을 느끼지 않는 그는 판관필을 놓치지 않았다.

"이년이 진짜!"

그때 정영이 손가락을 꼿꼿이 뻗어 제갈윤의 콧날을 향해 날렸다.

두 손가락으로 상대의 눈알을 후벼 파는 관수 찌르기.

스팟!

보통 대결이라면 적의 기세를 단번에 제압하는 비장의 독수(毒手)였을 것이다. 그러나 정영은 한 가지 사실을 잊고 있었다.

바로 제갈윤이 망자라는 사실이었다.

그는 고개를 돌리지도 않고, 두 눈을 감지도 않았다. 대신 두 눈을 뜬 채 정영의 손을 똑바로 쳐다보며 입을 활짝 벌렸다.

쌔애애액!

제갈윤의 목구멍에서 혈선충이 뿜어졌다. 혈선충 다발이 정영의 손에 칭칭 감겼다.

"……!"

정영은 깜짝 놀라서 관수 찌르기를 회수했다.

순간 제갈윤이 판관필을 빙글 돌려서 뾰족한 첨단으로 정영의 손등에 내리찍었다.

콱!

정영은 손등 뼈가 으스러지는 고통을 느꼈다.

그러나 그녀는 비명을 지르지 않고 몸을 숙였다. 그리고 한손으로 바닥을 짚으며 전소퇴의 수법으로 제갈윤의 발을 걸었다.

하지만 제갈윤은 만만한 상대가 아니었다.

"이것 봐라! 비명도 지르지 않아? 계집 주제에 강한 척을 하는 거냐?"

그가 훌쩍 몸을 날려 정영의 발을 피했다. 이어서 두 발이 바닥에 닿자마자 재차 판관필을 날렸다.

쉭쉭!

두 개의 판관필이 각각 태양혈과 곡지혈을 노리고 날아들었다.

태양혈(太陽穴)은 관자놀이에 있고, 곡지혈(曲池穴)은 팔꿈

치의 오목한 곳에 있었다. 즉 제갈윤은 동시에 좌우 두 곳의 혈도를 노린 것이었다.

판관필 하나를 피하면 다른 판관필에 점혈될 위기.

태양혈은 사람 신체 중 급소에 해당했다. 잘못 점혈되면 전신이 마비되는 것을 넘어서 죽음에 이를 수 있었다.

정영은 고개를 숙여서 태양혈로 날아오는 판관필을 피했다. 그리고 몸을 비틀며 곡지혈을 노리는 판관필을 비껴 맞으려고 했다.

하지만 제갈윤은 그것마저 간파하고 있었다.

"감히 어디서 얕은 수작이냐!"

그는 손가락을 놀려서 판관필을 거꾸로 쥐더니, 곡지혈이 아니라 명문혈로 방향을 트는 것이었다.

명문혈(命門穴)은 허리 중앙에 위치한 혈도다. 사람 신체의 뒤쪽은 점혈당할 경우 몸이 마비되거나 불구가 되는 요혈로 가득 차 있다. 때문에 고수들의 대결에서 함부로 등을 보이는 것은 금기였다.

정영이 그걸 모를 리 없었다. 하지만 곡지혈을 피하며 몸을 비트는 바람에 등을 보일 수밖에 없었던 것이다.

그녀는 간신히 명문혈을 점혈당하는 것은 피했다.

그러나 판관필이 허리 옆의 갈비뼈를 강하게 파고드는 것은 막을 수 없었다.

푹!

"크윽!"

손등에 금이 갈 때도 고통을 참았던 그녀가 이번에는 신음을 토했다.

제갈윤이 광소를 터뜨렸다.

"크하하하! 이제야 계집다워졌구나!"

계속해서 제갈윤의 파상 공격이 이어졌다.

쉬쉬쉬식!

두 개의 판관필이 쉴 새 없이 날아왔다. 판관필의 움직임은 때로는 일직선으로 뻗어오다가 때로는 곡선을 그리며 휘어지는 등 변화무쌍했다.

판관필은 끝이 뾰족하고 가느다란 무기로, 상대의 급소를 찌르거나 점혈하는 데 썼다. 생긴 것이 문사가 쓰는 붓을 닮아서 판관필이라고 불렀다.

제갈윤의 판관필은 일 척 길이에 강철로 되어 있었다. 또한 중간에 달린 고리에 손가락을 끼워서 사용했다. 대결 중에 판관필을 자유자재로 돌리면서 여러 가지 수법으로 적을 상대할 수 있었다.

판관필의 가장 큰 단점은 길이였다.

강호의 병장기는 길이가 길수록 강하다는 게 상식이다. 무공 수준이 비슷하다면 검(劍)으로는 창(槍)을 이길 수 없었다.

즉 판관필처럼 짧은 무기는 한 수 아래의 적을 상대할 때는 무적이지만, 자신보다 고수를 상대하면 속수무책으로 당할 위험이 있었다.

만약 정영이 검을 들었다면 제갈윤은 그녀의 상대가 되지 못했을 것이다.

그러나 척사검은 제갈윤이 공터의 어둠 속으로 내팽개치지 않았는가?

결국 권각술(拳脚術)만으로 두 자루의 판관필을 든 제갈윤을 상대하는 것은 애초에 무리였다.

정영은 그의 공세를 피하는 데 급급했다.

"이제 보니 네년은 검이 없으면 아무 쓸모도 없는 몸이구나? 크하하하!"

제갈윤이 판관필을 날리며 정영을 비웃었다.

정영은 침을 꿀꺽 삼켰다.

패색이 점점 짙어졌다. 손등의 고통이 가라앉기는커녕 심해지고 있었다. 반면 턱뼈가 박살 나고 목구멍이 관통당한 제갈윤은 부상의 여파가 전혀 없었다.

망자니까.

시간이 흐를수록 정영은 체력이 고갈되는데 망자인 제갈윤은 더욱 힘이 날 게 뻔했다.

정영은 위기를 느끼고 생각했다.

'방법을 찾아야 한다.'

하지만 좋은 계책이 떠오르지 않았다.

그때였다.

턱! 정영의 발에 무언가가 걸렸다.

그녀는 고개를 내리지 않고도 발에 닿는 감촉으로 물건의 정체를 알아차렸다.

단단하지 않고 물컹거리는 느낌. 바로 혈선충의 단지였다.

정영은 고개를 내리지 않고 제갈윤에게 시선을 고정했다. 그런데 전혀 생각지 못한 문제가 터졌다.

턱! 균형을 찾아 똑바로 서는데 발이 다시 한번 혈선충 단지에 걸린 것이었다.

'뭐지?'

계속해서 정영이 움직일 때마다 혈선충 단지가 그녀의 발에 차였다.

혈선충 단지가 공터 곳곳에 널려 있는 것은 이미 알고 있었다. 이상한 점은 마치 정영이 발을 옮기는 곳에 누군가 가져다 놓은 것처럼 혈선충 단지가 있다는 것이었다.

제갈윤이 웃음을 흘리며 말했다.

"크흐흐흐, 그것이 바로 제갈세가의 팔진이다!"

팔진(八陳)은 삼국시대의 명재상인 제갈량이 만들었다고 전해지는 진법이다.

즉 팔진은 원래 군대에서 쓰는 진법이었다. 전장 둘레에 미리 벽을 만들어둔 뒤 적이 돌진하면 기병, 보병, 전투 마차 등을 이용해서 적을 함정으로 몰아넣는 것이다.

한번 들어온 적은 절대 빠져나갈 수 없다는 것으로 유명한 팔진.

제갈윤이 의기양양한 목소리로 소리쳤다.

"제갈세가의 비법대로 팔진에 따라 단지를 놓아두었다! 어디 도망칠 수 있으면 해봐라!"

제갈윤의 호언장담은 사실이었다.

정영이 발을 옮길라치면 혈선충 단지가 걸렸다.

하지만 그녀는 고개를 내려 밑을 볼 수 없었다. 고수 간의 대결에서는 상대방의 눈을 보고 싸운다. 시선을 놓치는 순간 승패가 결정 나는 것이다.

턱, 턱, 턱······.

정영의 발이 속해서 단지에 걸렸다.

그렇다고 뛰어올라서 단지 위를 밟고 설 수도 없었다. 단지가 단단하지 않을뿐더러, 속에서 혈선충이 나온다면 낭패였기 때문이다.

결국 정영은 보법을 제대로 펼치지 못하고 우왕좌왕했다.

기회를 포착한 제갈윤이 판관필을 뺐었다.

"이야압!"

쿡! 판관필이 정영의 무릎을 찍었다.

"크윽!"

무릎이 마비되면서 힘이 빠졌다. 정영은 바닥에 한쪽 무릎을 꿇고 말았다.

그때 주위에 있는 혈선충 단지들이 일제히 잎을 펼쳤다.

좌아아아악!

단지들이 활짝 잎을 펼치자 안에 구멍이 숭숭 뚫린 줄기가 나타났다. 이어서 수십 개가 넘는 구멍에서 굵직한 혈선충들이 튀어나왔다.

쐐애애애액!

단지에서 나온 혈선충들은 굵기가 손가락 두 마디를 넘었다. 혈선충들이 뱀처럼 꿈틀거리며 정영을 덮쳤다.

"……!"

혈선충들이 정영의 발목과 무릎을 따라 올라오며 칭칭 감겼다. 그것도 모자라 굵직한 혈선충 한 가닥이 등을 타고 올라오더니 그녀의 목에 빙 둘러서 감겼다.

혈선충이 정영의 목을 조르기 시작했다.

"허억!"

정영이 눈을 크게 뜨며 신음을 토했다.

그녀가 두 손으로 혈선충을 떼려고 했다. 하지만 여인의 손아귀 힘으로는 목에 감긴 혈선충을 풀 수 없었다.

제갈윤이 앞으로 다가왔다.

"그러니까 뭐라 그랬어? 혈선충 단지를 차지 말도록 조심하라고 했지 않느냐?"

그가 입에서 지렁이처럼 가느다란 혈선충들을 날름거리며 말했다.

"죽이지 않을 테니 걱정 마라. 대신 네게 영생을 내려주지.

나처럼 말이다, 크흐흐흐."

"…시, 싫다."

정영이 억지로 입을 열었다.

그러나 목이 졸리고 숨이 막혀서 그녀의 정신은 아득해지고 있었다.

"일단 망자가 되고 나면 생각이 달라질 거다. 나도 그랬어. 이 좋은 걸 왜 지금까지 모르고 살았는지 후회했다니까! 몸은 끊임없이 힘이 넘치고 기분은 하늘을 나는 것처럼 좋다고!"

제갈윤의 두 눈은 광기에 가득 차 있었다.

"자, 입을 벌려라."

제갈윤이 정영을 향해 얼굴을 갖다 댔다.

그의 입에서 수백 다발의 혈선충이 뿜어져 나왔다.

쌔애애애액!

순간, 멀리 어둠 속에서 무언가가 반짝 하고 빛을 발했다. 동시에 누군가가 소리쳤다.

"정영!"

새벽의 금성처럼 반짝이는 점 하나가 정영을 향해 날아왔다.

탁! 그녀는 반사적으로 손을 뻗어서 물체를 잡았다.

물체는 바로 척사검이었다.

제갈윤이 달려드는 찰나, 정영은 척사검을 빙글 돌린 다음 제갈윤을 향해 찔렀다.

슈우웃!

제갈윤은 깜짝 놀라며 두 눈을 크게 떴다.

하지만 창졸간에 벌어진 일이라 제갈윤은 달려들던 기세를 멈추지 못했다. 그는 스스로 척사검을 향해 뛰어드는 꼴이 되고 말았다.

그러나 정영은 그의 목을 겨냥하는 데 실패했다. 두 발이 혈선충에게 묶여서 보법을 밟을 수 없었기 때문이다.

결국 척사검은 제갈윤의 목을 빗나가서 가슴을 꿰뚫었다.

"크윽!"

적이 사람이었다면 심장을 관통당해서 즉사했을 일격.

하지만 망자인 제갈윤은 외마디 비명을 지른 채 몸을 뺐다. 그로서는 정영이 두 발이 묶이는 바람에 천운이 따른 셈이었다.

뭉턱! 정영이 척사검으로 목을 조르던 혈선충을 절단했다. 이어서 좌우로 검을 휘둘러 두 발을 묶은 혈선충 다발도 끊어 버렸다.

촤아악!

두 발이 자유로워진 정영이 몸을 일으켰다.

"허억허억……."

그녀가 참았던 숨을 몰아쉬었다.

제갈윤이 훌쩍 몸을 날려서 뒤로 물러나며 소리쳤다.

"서생 놈이 또 공갈을 쳤구나!"

정영은 척사검이 날아온 곳으로 고개를 돌렸다. 인영 하나가 어둠을 뚫고 그녀를 향해 달려오고 있었다.

바로 무명이었다.

"무명! 살아 있었소?"

그녀가 기쁜 얼굴로 외쳤다.

그때 제갈윤이 무명의 등 뒤로 달려들었다.

"오냐, 잘 왔다! 두 연놈 모두 아가리를 벌리고 혈선충을 처넣어주마!"

그가 무명의 등줄기를 노리고 두 자루의 판관필을 날렸다.

쉬쉬쉭!

"아니, 네놈은 그냥 명줄을 끊어주겠다!"

제갈윤은 점혈을 하려다가 생각을 바꿔서 무명의 명문혈에 판관필을 박아 넣었다.

순간 무명의 옆구리에서 빛이 반짝거렸다. 정영이 몸을 던져서 무명의 팔과 허리의 틈새를 통해 검을 출수한 것이었다.

마치 무명의 등에서 검이 튀어나온 듯한 장면.

상상도 못 한 정영의 일검이 제갈윤의 검지와 중지를 베어버리며 판관필을 쳐버렸다. 채앵! 판관필이 팽그르르 돌며 공중으로 날아갔다.

"제기랄!"

졸지에 두 손가락과 판관필을 잃은 제갈윤이 뒤로 몸을 날려 후퇴했다.

하지만 그는 전혀 충격을 받지 않았는지 오히려 상반신을 젖히며 크게 광소를 터뜨리는 것이었다.

"크하하하하! 무명 소졸을 이용해서 간계를 꾀하다니, 점창파의 위명이 땅바닥에 떨어지는 날이구나!"

갑자기 제갈윤이 바닥에서 혈선충 단지 하나를 집어 들었다.

"이거나 먹어라!"

부웅! 그가 둘을 향해 단지를 던졌다.

무명과 정영이 양옆으로 몸을 날려서 혈선충 단지를 피했다.

푸와!

혈선충 단지가 둘 사이에 떨어지며 엎어졌다. 그러자 단지에 숭숭 뚫린 구멍들에서 혈선충들이 독 오른 뱀처럼 꿈틀거리며 튀어나왔다.

쐐애애애액!

혈선충이 가득 든 단지를 던지는 공격. 설령 검이나 권격으로 날아오는 단지를 박살 낸다고 해도 혈선충이 쏟아질 것이 아닌가?

무명과 정영은 대처할 방법을 찾지 못하고 뒤로 물러섰다.

혈선충들이 똬리를 틀며 둘의 발을 향해 기어 왔다. 촤르르르! 그 속도는 보통 사람이 걷는 것보다 빨랐다.

정영이 소리쳤다.

"피하시오!"

무명이 혈선충을 피해 몸을 날렸다.

그런데 무명이 피하는 곳으로 제갈윤이 달려들고 있었다. 그는 단지를 던지면서 이미 무명이 움직일 방향을 계산했던 것이다.

제갈윤이 판관필로 무명의 가슴팍을 찔렀다.

"뒈져라!"

순간 무언가 희뿌연 장막이 활짝 펼쳐지며 제갈윤의 시야를 가로막았다.

펄럭!

제갈윤은 무명이 혹시 암기를 썼을지 몰라서 달려들던 기세를 멈추었다. 그리고 판관필을 휘둘러서 시야를 막은 물체를 제거했다.

그런데 무명이 투척한 암기의 정체가 이상했다.

제갈윤은 쓴웃음을 지을 수밖에 없었다.

"서생 놈, 속임수와 공갈에는 도가 텄군."

암기의 정체는 다름 아닌 무명의 웃옷이었다.

무명은 위기의 순간 허리춤에 묶어두었던 웃옷을 풀어서 제갈윤의 얼굴을 향해 던진 것이었다. 제갈윤은 무명의 속임수를 지나치게 경계하던 탓에 평범한 옷자락을 정체불명의 암기로 착각한 것이다.

그가 웃옷을 바닥에 팽개치며 소리쳤다.

"개자식! 오냐, 제갈세가의 이름을 걸고 병법으로 상대해 주마!"

하지만 무명의 다음 수 역시 제갈윤의 상상을 벗어났다.

"거절하겠소."

무명이 품에서 무언가를 꺼내 바닥에 던졌다.

휙! 챙강!

병이 깨지는 소리가 났다. 동시에 희뿌연 연기가 공터를 빽빽하게 메우기 시작했다.

당호가 잠행에 준비해 온 연막탄이었다.

푸시시시시! 공터는 순식간에 연기로 가득 차서 한 치 앞도 보이지 않게 되었다.

다시 한번 무명의 노림수에 철저히 당한 제갈윤. 그러나 그는 화를 내기는커녕 씨익 웃는 것이었다.

"연막탄을 써서 내 눈을 어지럽히려는 시도는 썩 그럴듯했다. 하지만 말이다."

제갈윤이 연기를 뚫고 어디론가로 스윽 발을 옮겼다.

"네놈이 한 가지 놓친 게 있지. 과연 그게 뭘까?"

그가 주위를 돌아보며 코를 벌름거렸다. 그러다가 어느 방향에서 고개를 딱 멈췄다.

"거기 있었군!"

쉬익! 제갈윤이 연기를 헤치며 판관필을 찔렀다.

그런데 연기가 흩어지면서 나온 것은 무명과 정영이 아니라 아무도 없는 허공이었다.

제갈윤이 멍한 얼굴로 중얼거렸다.

"뭐야? 왜 두 연놈 중 아무도 없어?"

망자가 된 그는 산 사람의 냄새를 맡을 수 있었다. 판관필을 찌른 곳은 산 자 냄새가 진동을 하는 위치였다. 그런데 무명과 정영 둘 중 아무도 자리에 없다니?

그때 제갈윤이 무언가를 발견했다.

웬 종이 뭉치 같은 것이 돌덩이에 묶인 채 바닥에 떨어져 있었다.

"이게 뭐야?"

제갈윤이 손을 내밀어 물건을 집어 들었다. 그제야 그는 무명에게 다시 속았다는 것을 깨달았다. 종이 뭉치는 바로 산 자의 냄새가 나는 부적이었던 것이다.

"빌어먹을 개자식 같으니……."

그가 이빨을 으드득 갈았다.

하지만 제갈윤은 금세 웃음을 되찾았다. 그가 입꼬리를 말아 올리며 씨익 웃었다.

"그래 봤자 독 안에 든 쥐다. 어차피 연놈이 갈 곳이야 뻔하지."

그가 바닥을 살피며 무언가를 찾았다.

"후후후, 여기 있었군."

제갈윤이 찾은 것은 정영의 검에 베여서 잘린 두 개의 손가락이었다.

그가 엄지와 중지를 집어 든 뒤 손에 가져갔다. 그러자 손
가락의 잘린 단면에서 지렁이 같은 혈선충들이 삐져나왔다.
쌔애애액. 혈선충들이 서로 뒤엉키면서 손가락과 단면을 연결
시켰다.

곧 두 손가락이 원래처럼 다시 손에 붙었다.

제갈윤이 왼손으로 두 손가락의 관절을 구부렸다. 관절에
서 뚜두뚝 하고 소리가 났다.

"그럼 가볼까? 두 연놈을 사냥하러!"

그때였다.

그가 바닥에서 또 무언가를 발견하고 집어 들었다.

"응? 이것은⋯⋯."

그는 잠시 멍하니 손에 든 물건을 쳐다봤다. 그러다가 곧
웃음을 터뜨렸다.

"하하하! 서생 놈, 잔머리만 굴리더니 제가 제 꾀에 넘어갔
구나! 매사에 임기응변과 잔꾀에만 의지하니 병법의 정도가
무엇인지 알 턱이 없지!"

제갈윤의 광소는 좀처럼 멈출 줄을 모르고 공터에 울려 퍼
졌다.

"하하하하! 크하하하하하⋯⋯."

제갈윤이 실컷 웃어젖히고 있을 때.

무명과 정영은 공터를 빠져나와 절벽 밑에 흐르는 강가를 달리고 있었다.

무명이 세운 계책은 모두 성공했다.

연막탄은 괴물의 입에서 챙긴 것이었다. 그때 당호의 혁낭이 뒤집어지는 바람에 폭뢰와 연막탄이 떨어졌다. 무명은 핏물에 둥둥 떠 있던 연막탄을 발견하고 얼른 집어 들어 품속에 넣었던 것이다.

무명은 절벽 밑에서 정영과 제갈윤을 발견했다.

그는 숨죽인 채 둘을 따라 통로로 들어갔다. 그리고 정영이 위기에 처했을 때 척사검을 찾아내서 던졌다.

그런 다음 연막탄과 부적을 사용하여 이중 계책으로 제갈윤을 속여 넘겼다.

제갈윤이 망자의 능력을 과신하며 시간을 낭비하고 있을 때, 무명과 정영은 발 빠르게 공터를 탈출했던 것이다.

둘은 달리면서 대화를 나눴다.

"무명, 무사해서 다행이오."

"동감이오. 빙옥환이 녹아서 강물에 떨어진 것은 실로 천운이었소."

"그런데 죽지 않았으면서 어디에 있던 거요?"

"잠시 할 일이 있었소."

무명은 그렇게 대답한 뒤 자세한 사정은 말하지 않았다.

말이 멈추자 정영이 화제를 바꾸었다.

"제갈윤은 망자였소. 그자가 중간에 발을 절지 않는 것을 보고 눈치챘소."

"잘 보았소."

그런데 무명이 뜻밖의 말을 했다.

"군이 따지자면 제갈윤이 망자라는 증거가 하나 더 있소."

"정말이오? 그게 무엇이오?"

"그의 옷이 젖어 있지 않았소."

"아……."

정영은 그제야 자신이 놓친 사실을 깨닫고 신음을 흘렸다.

"강에 떨어졌다면 우리처럼 옷이 젖어 있어야 되오. 하지만 제갈윤의 옷은 바짝 말라 있었소. 강물에 빠진 게 아니라는 뜻이지."

"그럼 그가 어떻게 죽지 않은 것 같소?"

"비밀 통로를 통해 절벽 밑에 내려왔거나, 맨땅에 떨어진 뒤 되살아났을 것이오."

"그 높이에서 떨어지고도 되살아났다고?"

"망자가 세간의 상식으로 설명할 수 없는 존재라는 건 잘 알지 않았소?"

정영도 그 말을 인정하지 않을 수 없었다.

그러다가 무슨 생각이 들어서 물었다.

"제갈윤은 당신이 거짓말을 했다고 했는데?"

"망자는 등줄기가 시뻘겋게 변한다는 것 말이오?"

무명이 피식 쓴웃음을 지으며 대답했다.

"맞소. 거짓말이오."

"왜 그런 거짓말을?"

"일행 중에 혹시 망자가 있을 경우 함부로 혈귀를 부르지 못하도록 수를 쓴 것뿐이오. 물론 제갈윤이 망자라는 것은 그때는 몰랐소."

"……."

정영은 할 말을 잃고 침음했다.

일행은 그런 줄도 모르고 모두 웃옷을 벗은 채 잠행을 했다. 하지만 효과는 확실했을 것이다. 제갈윤도 뒤늦게야 무명의 심계를 눈치채지 않았던가?

그녀는 어이가 없으면서도 동시에 무명의 심계에 내심 감탄했다.

그때 정영이 무언가를 발견했다.

"손을 다친 것 아니오?"

무명의 왼손에서 피가 뚝뚝 떨어지고 있었다. 먼저 백지 서책에 피를 묻혀서 글자가 나오는지 보려고 일부러 베었던 손이었다.

"강에 떨어지면서 상처가 벌어졌소?"

"뭐, 그런 셈이오."

"상처가 심해 보이오. 빨리 금창약을 발라야겠소."

"됐소. 치료는 이곳을 탈출한 뒤에 하겠소."

"하지만……."

정영은 제갈윤이 피 냄새를 맡고 추격할지 모른다고 말하려고 했다. 그러나 무명은 그녀의 생각을 미리 읽고 대답했다.

"제갈윤이 피 냄새를 맡든 말든 문제가 아니오. 어차피 우리가 도망칠 길은 뻔하니까."

"절벽에 있는 잔도……."

"그렇소. 줄다리 건너편 돌벽에 있는 잔도가 절벽 밑까지 이어져 있더군."

무명이 고개를 끄덕이며 말했다.

"망자가 된 제갈윤이 그 사실을 모를 리 없소. 그가 곧 잔도로 추격해 올 것이오. 지금은 한시가 급하오."

"알았소."

둘은 육안룡의 빛줄기로 앞을 밝히며 잔도를 향해 달렸다.

절벽 밑의 강가를 달린 지 차 한 잔 마실 시간이 지났을 때, 무명과 정영은 잔도가 있는 곳에 도착했다.

정영이 앞장서며 말했다.

"올라갑시다."

둘은 잔도를 올라가기 시작했다.

돌벽에 홈을 판 뒤 강철못으로 나무 판을 박아서 만든 잔도.

잔도는 생각보다 튼튼했다. 두 손과 두 발로 사다리를 타듯

나무 판을 붙잡고 기어올랐지만, 강철못이 단단히 고정되어 있어서 나무 판은 조금도 흔들리지 않았다.

둘은 빠르게 절벽을 올라갈 수 있었다.

단지 나무 판에 잔뜩 이끼가 끼어 있는 게 문제였다. 둘은 손이 미끄러지지 않기 위해 신경을 곤두세워야 했다.

둘의 이마에 어느새 진땀이 맺혀서 주르륵 흘러내렸다.

얼마나 나무 판을 기어올랐을까. 어느 순간 정영의 눈앞에서 잔도가 중단되었다.

그녀가 무명을 보며 말했다.

"줄다리가 있던 곳까지 왔소!"

둘은 절벽에서 떨어지기 전의 장소까지 올라온 것이었다.

"힘내시오! 이제 절반 온 셈이니, 앞으로 절반 남았소."

정영이 사기를 북돋우며 말했다. 그리고 위로 고개를 돌리며 손을 뻗었다.

그때였다.

제갈윤이 정영의 눈앞에서 불쑥 고개를 내밀었다.

"아니. 네놈 둘은 이제 끝났다."

육안룡의 빛줄기 속으로 제갈윤의 얼굴이 불쑥 들어왔다.

"네놈 둘은 이제 끝이다!"

줄다리가 걸쳐져 있던 양쪽 절벽은 각각 통로가 있었다.

제갈윤은 절벽 밑에서 잔도를 오르지 않고 비밀 통로를 통해 무명과 정영을 앞질렀다. 그리고 둘이 잔도를 올라오기를 기다렸던 것이다.

"여기까지 오느라 수고했다. 이제 도로 떨어지게 해주마!"

제갈윤이 판관필 두 자루를 입에 물었다. 그리고 몸을 거꾸로 해서 머리를 정영 쪽으로 향하며 내려오기 시작했다.

자칫 손이 미끄러지는 날에는 천 길 낭떠러지로 떨어지고 말 잔도.

그러나 제갈윤은 마치 거미가 벽을 기어오르는 것처럼 사지를 번갈아 움직이며 빠르게 내려왔다.

처처처척!

"크크크, 그야말로 독 안에 든 쥐 꼴이로구나!"

정영은 잔도를 오르느라 척사검을 허리춤에 끼워두고 있었다.

평지라면 척사검을 뽑아 제갈윤을 상대하면 그만이다. 하지만 나무 판을 붙잡고 있는 터라 양손 모두 자유롭지 않았다.

그녀는 왼손으로 나무 판을 붙잡고 잔도에 매달리며 오른손으로 척사검을 빼려고 했다.

그런데 문제가 있었다.

척사검이 지나치게 길다는 것이었다.

보통 검보다 한 자 이상이 길어서 사일검법의 위력을 몇 갑절 높여주는 척사검.

그 장점이 이번에는 단점으로 바뀌었다. 척사검이 너무 길기 때문에 잔도에 매달린 채 한 손으로는 검을 뽑을 자세가 나오지 않았던 것이다.

제갈윤이 그 사실을 알아차리고 광소를 터뜨렸다.

"검을 뽑지도 못한다고? 설상가상은 이런 때를 두고 하는 말이렷다, 크하하하!"

곧 그가 웃음을 멈추고 정영에게 돌진했다.

"판관필로 네년의 두 눈을 파내주마!"

그가 미친 듯이 절벽을 기어 내려왔다.

제갈윤이 먼저 판관필을 출수하느냐, 그 전에 정영이 척사검을 뽑느냐의 대결.

결국 앞서 초식을 출수한 쪽은 제갈윤이었다.

"느려 터졌군!"

그가 입에 문 판관필 하나를 집었다. 그리고 정영의 인중을 향해 내질렀다.

쉬이익!

그때 정영이 엄지와 검지로 척사검의 자루를 잡은 다음 손목을 위아래로 튕겼다.

슛! 척사검이 쏜살처럼 빠져나와 위로 떠올랐다.

순간 그녀가 중지로 검날의 끝을 튕겼다. 챙! 공중에 뜬 척사검이 검날 한가운데를 중심으로 해서 원을 그리며 돌았다. 빙글!

탁! 정영이 척사검의 검 자루를 잡아챈 뒤 제갈윤을 향해 회심의 일검을 출수했다.

"받아랏!"

판관필과 척사검의 속도 대결은 분명 제갈윤이 승리했다.

그러나 척사검은 보통 검보다 한 자가 더 길었다.

제갈윤의 판관필이 정영의 인중을 찌르기 전에, 척사검의 검 끝이 그의 목젖에 닿았다. 망자의 목을 관통해서 단숨에 혈선충의 심맥을 가르는 일검일살이 명중한 것이었다.

정영은 승리를 직감했다.

그런데 제갈윤의 목을 찌르는 찰나, 무언가 일이 잘못되었다는 것을 깨달았다.

쩌엉!

정영은 오른손에 강한 충격을 받고 하마터면 척사검을 놓칠 뻔했다.

"……?"

그녀는 어떻게 된 일인지 영문을 알 수 없었다. 척사검이 제갈윤의 목을 관통하기는커녕, 마치 강철 벽에 대고 찌른 것처럼 검이 튕겨 나왔던 것이다.

그리고 제갈윤은 이미 그 사실을 알고 있었다는 듯이 씨익 미소를 짓는 것이었다.

공격이 실패하면 적의 역습이 따르는 법.

제갈윤이 정영에게 판관필을 날렸다.

"크하하하하!"

214 실명무사

먼저 인중을 노리고 날아들던 판관필이 반원을 그리며 경로를 바꾸었다.

실은 인중을 향해 뻗은 것은 제갈윤의 속임수, 즉 허초(虛招)였다. 그의 실초(實招)는 정영의 한쪽 팔을 노린 것이었다.

바로 그녀가 나무 판을 붙잡고 있는 왼쪽 팔이었다.

쿠욱!

제갈윤의 판관필이 정영의 왼쪽 어깨 혈도에 적중했다.

"크윽!"

정영의 왼쪽 팔이 어깨를 시작으로 손가락끝까지 마비되었다. 척사검을 출수하기 위해 왼손만으로 잔도에 매달리고 있던 그녀는 나무 판을 놓치고 말았다.

"잘 가라! 하하하하!"

정영은 검이 제갈윤의 목을 관통하지 못한 사실이 도무지 믿기지 않는다는 눈빛을 하며 까마득한 암흑 속으로 추락했다.

순간 무명이 그녀의 왼팔을 낚아챘다. 탁!

그가 허공에서 떨어지는 정영을 끌어당겼다. 이어서 옆구리에 팔을 넣어 그녀를 품에 안았다. 그 바람에 정영은 추락을 모면할 수 있었다.

저승 문턱에서 간신히 살아 돌아온 정영이 말했다.

"…고맙소."

"인사는 나중에 하시오."

무명의 목소리가 차가웠다. 제갈윤이 다시 잔도를 내려오고 있었던 것이다.

"두 연놈이 명줄 한번 질기구나!"

제갈윤의 사지가 거미 발처럼 절벽을 탔다.

처처처척! 인간의 몸이라고 하기엔 도저히 상상할 수 없는 움직임. 언제부터인가 그의 웃음소리까지 이상하게 들리는 것 같았다.

"쿠헬헬헬헬!"

곧 제갈윤이 무명과 정영의 코앞까지 바싹 접근했다.

"네놈들의 제사는 성대히 치러주마!"

제갈윤이 두 발을 교차해서 나무 판 사이에 걸었다. 그는 두 발만으로 몸을 지탱한 뒤 입에 물고 있는 두 자루의 판관필을 집어 들었다.

그리고 무차별로 판관필 세례를 쏟아부었다.

쉬쉬쉬쉭!

판관필 두 자루가 암흑 속에서 번쩍거리며 날아왔다.

무명은 정영을 안은 채 고개를 숙이고 몸을 웅크렸다. 정영은 그에게 안겨서 두 발로 나무 판을 밟았다. 그리고 척사검으로 판관필을 막았다.

채챙! 챙강! 채채챙!

정영과 제갈윤이 순식간에 여섯 번의 공방을 주고받았다.

실은 공방이라고 할 것도 없었다. 제갈윤이 나무 판에 매달린 채 자유자재로 파상 공세를 펼쳤기 때문이다.

반면 왼팔이 마비된 정영은 불안정한 자세로 척사검을 휘둘러 막기에 급급했다.

강호의 진검승부에서 일방적으로 막기만 하는 것은 위험하다. 적의 기세를 더욱 높여줄 뿐만 아니라, 자신은 체력과 정신력이 금세 고갈되어 버리기 때문이다.

제갈윤이 더욱 미친 듯이 공격을 퍼부었다.

쉬쉬쉬쉬쉭!

정영은 그의 모든 초식을 쳐낼 수 없었다.

판관필이 정영과 무명의 몸을 수차례 파고들었다. 둘은 불쏘시개로 몸을 쑤시는 듯한 고통을 느꼈다. 제갈윤이 마구잡이로 초식을 날리는 바람에 정확히 점혈되지 않는 게 그나마 다행이었다.

이대로 시간이 흐르면 결국 둘은 잔도에서 떨어지고 말 것으로 보였다.

갑자기 제갈윤이 판관필 세례를 멈추었다. 최후의 일격을 퍼붓기 위해 잠시 숨을 고르는 것으로 보였다.

그런데 제갈윤이 뜻밖의 말을 꺼냈다.

"점창파 년아, 네년의 일검이 왜 막혔는지 알겠냐?"

"……."

정영도 어떻게 제갈윤의 목이 척사검을 튕겨냈는지 궁금했다.

하지만 제갈윤의 파상 공세를 막는 바람에 숨이 차서 대답할 기운이 없었다. 물론 그와 말을 섞을 생각도 없었다.

정영이 말이 없자, 제갈윤이 손을 들어 목으로 가져갔다.

"어찌 된 일인지 알려주지. 그대로 죽으면 궁금해서 구천지하를 떠돌 테니까."

그가 목을 가리고 있는 옷깃을 젖혔다.

순간 정영은 자신의 두 눈을 믿을 수 없었다.

제갈윤이 킬킬거리며 말했다.

"그래. 보다시피 이건 연투갑이다."

그의 목 주위에 희끄무레한 옷자락이 둘러져 있었다. 무명이 진문에게 받았던 소림사 금강고의 기병 연투갑이었다.

정영은 문득 잠행 도중에 이강이 이상한 말을 했던 게 떠올랐다.

'그건 원래 망자가 입는 물건이다.'

연투갑의 옷자락이 목 위까지 올라오는 것은 망자의 약점인 목둘레를 보호하기 위해서라는 말이었다.

정영은 전후 사정을 깨달았다.

제갈윤이 연투갑을 입고 있는 바람에 척사검은 그의 목을 뚫지 못하고 강철 벽에 막힌 것처럼 튕겨 나갔던 것이었다. 연투갑이 망자를 위한 갑주라는 이강의 말은 농담이 아니었다.

문제는 제갈윤이 어떻게 연투갑을 손에 넣었느냐였다.

그녀가 무명을 보며 물었다.

"연투갑이 어떻게 저자의 손에 들어간 것이오?"

제갈윤이 무명의 말을 막으며 대답했다.

"서생 놈이 내 눈을 막고 도망치려고 웃옷을 벗어 던지지 않았냐? 그런데 웃옷 속에 연투갑을 겹쳐 입었던 것은 까맣게 잊어먹고 함께 벗어버린 거지!"

"……!"

그제야 정영은 모든 일이 이해되었다.

"그야말로 잔꾀를 부리다가 제 발에 걸려서 넘어진 꼴이 아니고 무엇이냐? 케케케케!"

제갈윤의 기분 나쁜 웃음소리가 절벽에 울려 퍼졌다.

"덕분에 점창파 년의 일검을 잘 막았다! 연투갑이 없다고 해도 점창파의 무공쯤이야 어린애 장난에 불과하지만 말이다! 크하하하!"

그의 광소는 좀처럼 멈출 줄을 몰랐다.

곧 제갈윤이 웃음을 멈추고 소리쳤다.

"그만 포기해라! 중원 천하는 어차피 망자판이 될 것이다. 순순히 망자가 될 운명을 받아들여라!"

정영이 고개를 저으며 말했다.

"헛소리 마시오. 강호가 당신들 손에 들어갈 리 없소."

"망자비서를 손에 넣으면 얘기가 달라질걸? 우리 망자들 약점은 아무도 모르게 될 테니까!"

"우리가 여길 탈출해 망자비서를 무림맹에 전하면……."

"크흐흐, 이 지하 도시를 탈출하겠다고? 지금 내 손에서 도망칠 수나 있느냐?"

"……."

정영은 침을 꿀꺽 삼키며 침음했다.

제갈윤의 말이 옳았다. 왼팔이 마비된 채 잔도에 매달려서 제갈윤을 처치하는 것은 불가능에 가까웠다. 게다가 그는 연투갑마저 입고 있지 않은가?

또한 그의 판관필을 막아내며 아래로 도망친다고 해도 문제였다. 어차피 절벽 밑으로 되돌아가는 셈이니까.

그곳에서 제갈윤이 혈귀들을 불러들인다면…….

운남을 떠나 강호출행을 한 뒤로 숱한 목숨의 위기를 헤쳐 나왔던 정영.

하지만 지금은 살길이 보이지 않았다.

그때였다.

"크하하하하하하하!"

누군가의 광소가 절벽 중간을 뒤흔들며 울려 퍼졌다.

정영과 제갈윤이 영문을 몰라서 광소를 터뜨리는 자를 쳐다봤다.

그는 다름 아닌 무명이었다.

"서생 놈, 죽을 때가 되니 스스로가 한심하냐? 그게 아니면 뭐가 그리 우스운 거냐?"

"하하하하하! 으하하하하하……."

"뭐가 그렇게 웃기냐고!"

제갈윤이 참지 못하고 소리쳤다.

하지만 무명은 대답은커녕 계속해서 미친 듯이 웃어젖히는 것이었다.

그러다가 어느 순간 무명이 웃음을 딱 그쳤다. 그리고 정영을 보며 엉뚱한 질문을 하는 것이었다.

"우리가 절벽 밑에서 도주한 지 어느새 차 한 잔 마실 시간이 된 것 같소만?"

"그렇소."

정영이 엉겁결에 대답했다.

이번에는 무명이 고개를 돌려 제갈윤을 봤다. 그리고 역시 엉뚱한 질문을 던졌다.

"당신은 차 한 잔 마시는 데 얼마나 걸리시오?"

"지금 그걸 알아서 뭐 하려고?"

"나는 차 한 잔을 대략 천천히 삼백을 셀 동안 마시오."

"대체 무슨 헛소리를 지껄이는 거냐?"

"그럼 차 한 모금을 삼킬 시간은? 다섯을 셀 시간이면 충분할 거라 생각하오."

"크크크, 내가 네놈의 속셈을 모를 것 같으냐?"

제갈윤이 비웃으며 말했다.

"헛소리를 지껄이며 점창파 년의 팔이 마비가 풀릴 때까지 시간을 벌려는 수작이지?"

"호오, 대단하군. 맞소. 나는 지금 시간을 벌고 있소."

"그래 봤자 소용없다. 연투갑을 입은 이상 저년은 나를 죽이지 못하니까!"

"그 말도 맞소."

무명이 고개를 끄덕이며 대답했다.

정영은 무명이 이해되지 않았다. 제갈윤의 말마따나 팔의 마비가 풀려도 자신들이 불리한 게 사실이었다.

그런데 왜 무명은 스스로 불리한 점을 말하는 것일까?

제갈윤이 냉랭하게 소리쳤다.

"네놈 장난에 맞장구치기 지겹구나! 이제 끝장을 내주마!"

"잠깐."

그때 무명이 정색을 하며 말했다.

"다섯을 센다는 것은 바를 정(正) 자 다섯 획이 지워지는 데 걸리는 시간을 뜻하오. 그래도 모르겠소?"

"바를 정 자? 뭔 개소리를 지껄이는지 모르겠군."

"모르면 가르쳐 주지."

무명의 목소리가 돌연 싸늘하게 바뀌었다.

"제갈세가에서 만든 어떤 부적은 한가운데의 여백에 바를 정 자를 써넣어서 폭발하는 시각을 늦출 수 있다고 들었소."

"…폭혈화부 말이냐?"

"정답이오."

제갈윤의 얼굴에서 웃음기가 싹 사라졌다.

"또 속임수를 쓰려는 것이냐? 마지막 남은 폭혈화부는 줄다리에서 이미 쓰지 않았더냐?"

"한 장 더 있었소."

"뭣이?"

"실은 내가 갖고 있던 폭혈화부는 내놓지 않았었소. 지금 같은 때를 위해서요."

제갈윤이 침을 꿀꺽 삼키면서 천천히 잔도를 뒷걸음질 쳤다.

"뭐, 좋다. 폭혈화부는 붙이지 않는 이상 효과가 없으니……."

"이미 붙였소. 연투갑 속에 넣어놨으니까."

"……!"

제갈윤은 멍하니 무명을 쳐다보다가 곧 정신없이 끈을 풀고 웃옷을 풀어헤쳤다.

그의 가슴 한복판, 희끄무레한 연투갑 속에 한 장의 부적이 들어 있었다!

"폭혈화부는 두 장 있었소. 내 수중에 있던 폭혈화부는 일부러 내놓지 않았소."

무명이 말했다.

"바로 지금 같은 때를 위해서요."

"네놈 설마……."

제갈윤이 미친 듯이 웃옷을 푼 다음 활짝 열어젖혔다.

희끄무레한 연투갑 속으로 누런색의 부적 한 장이 살짝 비쳐 보였다.

바로 폭혈화부였다.

"설마가 사람, 아니, 망자 잡았군."

무명이 얼음처럼 차가운 미소를 흘리며 말했다.

"우리가 줄다리를 절반 건넜을 때 망자들이 앞뒤로 포위해 왔소. 우리 위치를 정확히 알고 있다는 얘기였소. 즉 일행 중에 있는 망자가 혈귀들을 불렀다는 뜻이오."

"……."

"일행 중 망자가 됐을 가능성이 가장 높은 자가 당신이오. 해서 나는 당신을 제거할 방법을 생각했지."

"개자식 같으니……."

"망자는 웬만해서는 죽지 않으니 당신의 콧대는 하늘을 찔렀을 것이오. 하지만 당신이 두려워하는 게 하나 있었소."

척! 무명이 검지를 들어 제갈윤의 목을 가리켰다.

"바로 정영의 사일검법이오. 그녀의 척사검에 혈선충의 심맥이 관통당하면 되살아나지 못하고 즉사할 테니까."

"웃옷과 연투갑을 함께 던진 게 네놈의 심계였다는 말이냐?"

"그렇소. 연투갑을 발견한 당신은 내가 실수했다고 여기고 얼른 몸에 걸쳤을 것이오."

"말도 안 돼……."

제갈윤은 충격을 받았는지 침묵했다.

무명이 냉랭한 목소리로 말을 이었다.

"당신은 세 가지 실수를 저질렀소. 첫째, 정영을 지나치게 두려워한 나머지 판단이 흐려진 것. 둘째, 상대가 중요한 기밀을 흘렸는데 의심하지 않은 것. 셋째, 연막탄의 연기 속에서 연투갑을 제대로 살피지 않은 것이오."

"내 눈을 속이려고 연막탄까지……."

"연투갑 속에 폭혈화부를 덧대어놨는데 당신이 알아차리면 헛수고가 아니겠소?"

제갈윤은 입술을 파르르 떨며 말을 잇지 못했다.

그러다가 무언가 생각났는지 고개를 번쩍 들며 소리쳤다.

"폭혈화부가 왜 아직도 터지지 않지? 그랬었군! 폭혈화부는 도형이 복잡해서 귀퉁이가 살짝 핏물에 지워져도 쓰지 못한다!"

그의 두 눈이 기쁨에 가득 찼다.

"네놈이 그걸 미처 생각지 못했구나! 심계는 과연 대단했다. 하지만 부적이 젖어서 쓸모가 없는데 무슨 소용이냐? 하하하하!"

무명이 피식 웃으며 한마디를 내뱉었다.

"병신."

"뭐야?"

"폭혈화부는 정 자를 적어서 폭발하는 시간을 조정할 수 있다고 대명각에서 네 입으로 말하지 않았냐?"

"그런데?"

"두 눈깔이 박혔으면 똑똑히 봐라."

무명이 제갈윤의 가슴을 가리켰다.

"그 폭혈화부는 삼백을 세면 폭발한다."

"……!"

제갈윤이 급하게 고개를 내렸다.

반투명한 연투갑 속으로 가슴에 붙은 폭혈화부가 보였다. 그리고 폭혈화부의 한복판에는 새빨간 글씨로 꾹꾹 눌러쓴 바를 정(正) 자 수십여 개의 흔적이 여백이 없을 만큼 빽빽하게 들어차 있었다.

제갈윤은 입을 딱 벌리고 경악했다.

정 자는 이미 수십 개가 흐릿한 흔적만 남긴 채 사라져 있었다. 남은 정 자는 불과 몇 자 안 되었다.

"하나, 둘, 셋. 남은 정 자는 세 개요."

무명이 손가락을 접으며 말했다.

"열다섯 획이 남았군. 마침 차 한 잔을 다 마실 시간인 것 같소."

무명이 다시 존대를 하며 말했는데, 그런 담담한 말투가 제갈윤에게는 더욱 냉혹하게 들렸다.

그런데 제갈윤의 표정이 이상했다.

제갈윤은 멍하니 가슴에 붙은 부적을 내려다보다가 피식

웃음을 흘리는 것이었다.

"이게 폭혈화부일 리가 없어. 그래, 네놈이 또다시 날 속이려는 거지?"

그러는 사이에도 정 자는 한 획, 한 획 사라졌다.

"부적에 정 자 육십 개를 깨알같이 써넣었다고? 붓도 없으면서 무슨 수로?"

"손에서 흐른 피를 손톱에 찍어서 썼소. 시간이 꽤 걸렸소."

그 말에 정영이 '헉…' 하고 신음성을 흘렸다.

피가 뚝뚝 흐르던 무명의 왼손은 상처가 덧난 것이 아니었다. 일부러 상처를 벌린 다음 그 피로 폭혈화부에 정 자를 썼던 것이다.

그녀는 무명의 심계를 깨닫자 전신에 오싹 소름이 돋았다.

갑자기 제갈윤이 두 눈을 크게 떴다.

"말도 안 돼… 그럴 리가 없어……."

그가 웃옷에서 팔을 빼내어 연투갑을 벗으려고 했다. 하지만 두 손이 덜덜 떨려서 좀처럼 웃옷을 벗을 수 없었다.

무명이 예의 담담한 목소리로 말했다.

"소용없을 것이오."

하지만 제갈윤은 이제 남의 말이 귀에 들리지 않는 것 같았다.

"아직 시간이 남았어… 아직 정 자는 남아 있어……."

정영이 무명에게 말했다.

"일단 밑으로 물러납시다. 만약 정 자가 없어지기 전에 저자가 부적을 떼어낸다면……."

무명이 그녀의 말을 막더니 고개를 저으며 대답했다.

"연투갑 속에 넣은 부적은 폭혈화부가 다가 아니오."

"그럼?"

"망자에게 한번 붙으면 떨어지지 않는다는 부적을 폭혈화부와 겹쳐놓았소. 제갈윤은 연투갑을 절대 벗을 수 없소."

그 말에 정영과 제갈윤이 동시에 입을 딱 벌렸다.

제갈윤이 길게 포효했다.

"으아아아아아아아!"

그가 미친 사람처럼 옷을 찢어 발겼다. 그리고 연투갑을 잡아 뜯었다.

"안 돼애애애!"

제갈윤은 두 손으로 가슴을 쥐어뜯고 후벼 팠다. 손톱이 부러지고 가슴에 피멍이 들었다. 연투갑이 닿지 않은 부분의 살점이 파여서 피가 줄줄 흘렀다.

그러나 연투갑은 아무리 손을 놀려도 그의 가슴에 찰싹 달라붙은 채 꿈쩍도 하지 않았다.

"이 개새꺄!"

제갈윤이 두 손을 멈추더니 고개를 홱 치켜들었다. 그리고 거미가 달리는 것처럼 미친 듯이 절벽을 내려왔다.

그러나 연투갑을 벗으려고 소동을 피운 탓에 목 아래로 연투갑이 내려가 있었다.

정영이 무명의 팔에 몸을 의지한 채 척사검을 휘둘렀다.

촤악!

제갈윤의 목이 떨어져서 허공으로 날아갔다. 그의 목이 암흑 속으로 추락하면서 단말마의 비명을 질렀다.

"아아아아악……."

동시에 목을 잃은 몸뚱이도 그를 따라 밑으로 떨어졌다.

"숙이시오!"

무명과 정영이 고개를 숙여서 제갈윤의 몸을 피했다.

제갈윤의 몸이 둘을 막 지나치자마자 폭혈화부의 마지막 남은 정 자 획이 사라졌다.

퍼어어엉!

제갈윤의 몸뚱이가 공중에 사방으로 독혈을 뿌리며 폭발했다.

독혈은 절벽까지 튀어서 구멍을 숭숭 낼 정도로 지독했다.

치지지직!

핏덩어리로 변한 제갈윤의 몸은 그대로 암흑 구렁텅이로 떨어졌다.

오대세가 중 하나로 꼽히는 명문이며, 강호에서 신기제갈이라 일컬을 만큼 숱한 인물을 배출해 낸 제갈세가.

그러나 제갈세가의 후손인 제갈윤은 가문의 이름에 먹칠을 했다.

망자 소굴의 끔찍한 광경을 보고 혼 줄을 놓은 것이 문제였다.

그는 실력이 뛰어났지만 정신력이 부족하고 자만심이 컸다.

때문에 겉만 번지르르하고 속은 텅 빈 쭉정이밖에 되지 못했던 것이다.

그에게 가문의 명성은 독으로 작용했다.

결국 제갈윤은 망자가 되어 처참한 죽음을 맞이하고 만 것이었다.

자신이 그토록 멸시했던 강호의 무명 서생한테 당해서.

무명과 정영은 잠시 제갈윤의 최후를 지켜봤다.

곧 무명이 말했다.

"올라갑시다."

정영이 제갈윤의 판관필에 당한 팔을 스스로 점혈했다.

잠시 후 팔의 마비가 풀렸다.

무명이 앞장을 서서 나무 판을 잡고 발을 옮겼다. 둘은 다시 잔도를 올라가기 시작했다.

줄다리가 달렸던 곳에 통로가 있는 바람에 잔도가 잠깐 끊겼다.

하지만 통로 위쪽으로 잔도가 다시 이어졌기 때문에 별문제는 없었다.

잔도를 오르는 도중에 정영이 말을 꺼냈다.

"그래서 왼손의 상처가 다시 벌어져서 피가 났던 것이오?"

"그렇소."

무명이 고개를 끄덕이며 대답했다.

"절벽에서 떨어진 뒤 정신을 차렸지만 당장 당신을 찾을 수는 없었소. 제갈윤을 상대하기 위해서 부적에 정 자를 써야 했기 때문이오."

"정 자가 모두 몇 개라고 했소?"

"육십 개요."

"그 많은 걸 다 써넣었다니……." 。

정영이 질린 표정으로 혀를 내둘렀다.

문득 그녀가 무슨 생각이 들었는지 물었다.

"굳이 그럴 필요가 있었소? 제갈윤이 망자라면 폭혈화부가 붙자마자 죽도록 놔두어도 되지 않았소?"

"제갈윤이 잔도로 오는지 시간을 두고 확인할 필요가 있었소."

"무엇 때문이오?"

"우리가 공터를 나왔을 때 제갈윤은 서둘러서 이곳으로 달려왔소. 우리가 잔도를 올라가는 것을 막아야 되었던 거요. 만약 잔도를 올라가도 지하 도시를 나갈 수 없다면, 서두르지 않고 혈귀들을 몰고 왔겠지."

"그럼 이곳이……."

"그렇소. 잔도가 지하 도시의 탈출로요. 제갈윤 덕분에 확인한 셈이오."

"……."

정영은 감탄과 동시에 기가 막혀서 할 말을 잃었다.

대체 그 치밀하고 복잡한 심계를 언제 다 계획했다는 말인가?

그녀는 침을 꿀꺽 삼키며 생각했다.

'이자가 무공까지 안다면 정말 무섭겠군.'

그랬다. 무명은 일행 중에 망자가 있다는 사실을 직감하고 철저히 심계를 꾸몄다.

줄다리가 끊어지는 바람에 절벽에서 떨어진 것은 예측 못한 불상사였다.

그러나 무명의 심계는 이후 제갈윤을 처치하고 무사히 잔도를 오를 수 있는 발판을 만들었다.

그것이 그가 설계한 마지막 구명절초였다.

둘은 계속해서 잔도를 올라갔다.

하지만 잔도는 끝도 없이 이어졌다.

무명과 정영이 절벽 밑에서 중간 지점까지 오른 것보다 족히 두 배의 시간이 흘렀다. 하지만 잔도는 좀처럼 끝이 보이지 않았다.

어느새 무명과 정영은 전신이 땀으로 범벅이 되었다.

고개를 똑바로 들 수 없었기 때문에 육안룡의 빛줄기도 불과 일 척 앞을 밝히지 못했다.

그나마 위쪽은 사정이 나았다. 발아래는 끝을 알 수 없는 천 길 낭떠러지의 암흑이니까.

둘은 혹 땀 때문에 손이 미끄러지지 않기 위해 신경을 곤두세웠다.

그때 어딘가에서 이상한 소리가 들렸다.

쌔애애액… 키이이익…….

망자들이 먹이를 찾아 헤매는 소리였다.

짙은 어둠 속에 있느라 소리의 근원지가 어디인지 알기 힘들었다.

절벽에 반사되어 들리는 소리일까?

아니면 잔도 밑에서 망자들이 추격해 오는 것일까?

정영이 물었다.

"망자가 밑에서 올라오는 것 같소?"

"그럴 리 없소. 제갈윤이 죽은 이상 혈귀들은 우리 존재를 눈치채지 못하오."

무명이 허리춤을 가리키며 말했다.

"우리 둘 다 산 자의 기척을 없애는 부적을 갖고 있지 않소?"

그는 제갈윤에게 웃옷을 던지기 전에 이미 부적을 꺼내 허리춤에 끼워둔 것이었다.

"그렇군. 잘 알겠소."

정영이 안심하며 고개를 끄덕였다. 진문이 부적을 양보해 준 것 역시 천운이 따랐다고 할 수 있었다.

실은 무명이 말하지 않은 사실이 있었다.

무명이 슬쩍 화제를 돌리려 할 때, 정영이 무언가 눈치챘는지 물었다.

"만약 무당삼검 청일이 망자들을 이끌고 온 것일 수도 있지 않소?"

"……."

무명이 잠깐 뜸을 들이다 말했다.

"그때는 우리 둘 다 끝장이겠지."

그는 일부러 청일 얘기는 언급하지 않을 생각이었다.

그러나 정영도 이미 지금 상황이 얼마나 다급한지 알고 있었던 것이다.

정영이 말했다.

"서두릅시다."

둘은 말없이 나무 판을 하나하나 번갈아 잡으며 위로 올라갔다.

기분 탓인지 망자들이 내는 소리가 점점 가까이서 들리는 것 같았다.

시간이 지날수록 무명은 나무 판을 붙잡는 게 힘들어졌다.

왼쪽 손바닥이 피와 땀이 엉겨 붙어서 계속 미끄러졌기 때문이다.

그가 잔도를 오르는 속도가 눈에 띄게 느려졌다.

그런데 무명이 다음 나무 판을 잡기 위해 손을 뻗었을 때였다.

손이 나무 판을 잡지 못하고 허공을 움켜쥐었다.

'뭐지?'

무명은 손을 멀리 뻗어 휘저었다.

하지만 아무것도 잡히지 않았다.

그때였다.

탁!

누군가가 무명의 손을 꽉 붙잡았다.

무명이 고개를 들었다.

육안룡의 빛줄기가 그자의 얼굴을 비추었다.

"빈승은 당신이 저 지옥을 빠져나올 것이라 믿었소."

그는 소림승 진문이었다.

진문은 잔도가 끝나는 절벽 위에서 둘을 기다리고 있었던 것이다.

6장.

옥면서생 제갈성

끝없이 이어지던 잔도가 드디어 끝이 났다.

진문이 무명과 정영을 부축해서 절벽 위로 끌어 올렸다.

그는 문사와 함께 둘이 잔도를 올라오기를 기다리고 있었다.

줄다리가 망자의 독혈에 끊어졌을 때 진문과 문사는 건너편 절벽에 막 도착한 참이었다.

때문에 둘은 절벽 밑으로 떨어지지 않았던 것이었다.

무명과 정영은 잔도를 올라 절벽 위에 당도했다.

얘기를 들으니, 진문이 절벽에 올라온 것도 시간이 얼마 흐르지 않은 것 같았다.

진문이 쓴웃음을 지으며 문사를 가리켰다.

"다 이자 덕분이오."

노쇠한 문사가 힘이 다해서 진문이 업다시피 하며 잔도를 올라왔던 것이다.

정영이 그간 있었던 일을 얘기했다.

빙옥환이 녹아서 절벽 밑에 강을 만들었다.

무명과 정영은 강물에 빠지는 바람에 살 수 있었다.

잔도가 절벽 밑까지 이어져 있어서 올라올 수 있었다, 등 등.

진문이 물었다.

"제갈윤은 어찌 되었소? 줄다리가 끊어지고 그자의 모습이 보이지 않았는데?"

"망자가 되어서 우리와 싸우다가 죽었소."

"그랬군. 아미타불."

진문은 더 이상 묻지 않고 고개를 조아리며 반장을 했다.

절벽 위는 그리 넓지 않은 작은 공간이었는데, 돌벽에 통로가 하나 나 있었다.

일행은 통로를 따라 걸음을 옮겼다.

얼마 가지 않아서 통로가 끝나고 돌로 된 계단이 나왔다.

돌계단 역시 조금 가서 끝이 나고 천장이 나왔다.

천장에는 길쭉한 네모 모양의 공간이 있었는데, 그 위에 커다란 뚜껑이 놓여 있었다.

진문이 두 손을 뚜껑에 대고 힘을 썼다.

"흐어업!"

두터운 뚜껑이 단번에 번쩍 들렸다.

진문이 뚜껑을 옆으로 비껴서 일행이 나갈 틈을 만들었다.

끼이이익… 텅!

순간 가슴이 서늘해질 만큼 차가운 공기가 세차게 불어왔다.

휘이이잉!

일행은 속이 탁 트이는 기분이었다.

그들은 뚜껑을 넘고 위로 올라왔다.

이제 사방팔방이 돌벽으로 막혀 있지 않았다.

고개를 들자 꽉 막힌 천장 대신에 광활한 밤하늘이 보였다.

일행은 그제야 크게 안도의 한숨을 쉬었다.

무명, 정영, 진문은 잠행을 끝내고 지하 도시를 탈출하는 데 성공했다.

수복화원의 우물을 들어간 것이 어제 오전이었는데 하루가 지나고 다시 밤이 되었으니, 일행이 잠행을 하는 데 꼬박 이틀이 걸린 셈이었다.

진문이 말했다.

"살면서 달과 별이 이렇게 반가운 날은 처음이군."

그의 말대로 하늘에는 둥근 달과 점점이 빛나는 별들이 빼곡하게 들어차 있었다.

무명이 무심코 말했다.

"다음에 달과 별을 벗 삼아 술 한잔 기울입시다."

하지만 진문이 즉시 반박했다.

"지옥을 탈출하더니 비상한 머리가 녹이 슬었소? 나는 불문에 몸을 담고 있는지라 술은 금지요."

"하하하하!"

정영이 참지 못하고 웃음을 터뜨렸다.

그러나 금세 머쓱해져서 무명에게 사과했다.

"미안하오. 비웃을 생각은 없었소."

"아니오. 진문의 말이 맞소. 스님에게 술을 권하는 불경을 저지르다니, 내가 잠시 정신이 오락가락했던 모양이오."

무명이 정영과 진문을 번갈아 보며 말을 이었다.

"그럼 나와 정영은 술과 고기를 먹고 진문은 차와 양춘면을 먹는 것으로 합시다."

"그거 좋겠소!"

정영이 웃으며 맞장구를 쳤다.

진문이 양미간을 구기며 말했다.

"차와 양춘면은 궁합이 안 맞소. 나는 서호의 용정과 지삼선을 먹겠소."

서호(西湖)의 용정(龍井)은 중원의 차 중에 으뜸으로 꼽힌다.

또한 삼선(三鮮)은 중원의 식재료를 뜻하는 말로, 하늘(天), 땅(地), 바다(海)에서 나는 세 가지 뛰어난 음식을 가리킨다.

특히 지삼선(地三鮮)은 고기를 쓰지 않고 땅에서 나는 세 가지 채소인 가지, 감자, 고추를 사용해서 만드는 음식이었다. 채소를 써서 만든 지삼선은 진문이 먹는 데 아무 문제가 없었다.

즉 진문은 중원 최고의 차와 채소로 만든 음식 중 가장 유명한 것을 고른 셈이었다.

"지삼선은 싸구려 객잔에서도 팔 만큼 흔하지만 실은 만들기 까다롭소. 가지는 기름을 많이 잡아먹고 감자는 수분이 나와서 둘 다 바삭하게 튀기는 게 쉽지 않소. 또한 고추는⋯ 음, 그만합시다."

"아니오. 나도 진문이 만든 지삼선을 먹고 싶소."

"점창파의 미녀 고수가 청하니 꼭 만들어 드리겠소."

"무슨 소리요? 내가 미녀라니, 가당치도 않소. 미녀는 창천칠조의 다른 자들이⋯⋯."

"부처 눈에는 부처만 보이는 법이오. 아미타불."

"말도 안 되오!"

정영이 얼굴을 붉혔다.

무명, 정영, 진문 셋은 서로를 쳐다보며 잠시 빙그레 웃었다.

잠시 후, 진문이 뚜껑을 제자리로 옮겨서 막았다.

두터운 뚜껑은 사실 묘지에 있는 석관의 돌판이었다. 지하 도시의 비밀 출입구 중 하나는, 공동묘지에 있는 이름 없는 석관이었던 것이다.

묘지는 석관이 있는 만큼 제법 컸지만 비석이 없어서 누구의 무덤인지 알 수 없었다.

또한 주위에는 수많은 묘지가 있어서 쉽게 구분하기 힘들었다.

묘지는 산 중턱에 있었는데, 민가와 멀리 떨어져 있지 않은지 산 아래에 불빛이 보였다.

무명은 묘지의 주변 모습을 통째로 머릿속에 넣어 암기했다.

그리고 말했다.

"갑시다."

일행 세 명과 문사는 묘지를 떠났다.

황궁 밑의 지하 도시로 잠행한 자는 모두 열 명이었다.

그중에서 무명, 정영, 진문만이 확실하게 탈출에 성공했다.

마지일과 제갈윤은 죽었고, 팔 층 전각으로 향한 나머지 일행은 생사를 알 수 없었다.

생존자 셋, 사망 둘, 생사불명 다섯.

망자비서를 손에 넣기 위해 치른 대가는 결코 작지 않았다.

일행이 잠행조의 본거지인 대명각에 돌아온 것은 동이 막 트기 시작한 새벽이었다.

무림맹 부맹주인 제갈성은 자리에 없었다.

셋은 각자 방을 얻은 뒤 헤어졌다.

진문은 문사가 도망치지 못하도록 자신과 문사의 팔에 굵은 밧줄을 묶었다.

그리고 팔짱을 낀 채 침상에 누운 뒤 단봉을 팔에 끼워서 수직으로 세웠다.

그리고 옆 침상에 누운 문사에게 말했다.

"도망칠 생각일랑 마시오."

"그러고서 불편해서 잠이 오는가?"

"괜찮소. 나한당에서는 물구나무를 선 채 참선을 하다가 잠이 든 적도 있으니까."

"……."

"미리 말해두지만 나는 중간에 잠이 깨는 것을 싫어하오. 단봉이 쓰러지면 바로 눈을 뜰 테니 부디 조심하시오."

진문의 말투는 공손하고 부드러웠지만, 문사한테는 오히려 으름장을 놓는 것보다 더욱 효과가 있었다.

무명과 정영마저 진문의 기행(?)에 혀를 내둘렀다.

결국 문사는 뒷간도 가지 못한 채 끙끙대며 그날 밤을 보냈다.

다음 날.

아침 일찍 제갈성이 돌아왔다.

일행은 문사를 끌고 제갈성이 있는 방으로 갔다.

그리고 잠행 결과 보고를 시작했다.

진문이 제갈성에게 네 권의 서책을 건넸다.

"맨 위에 있는 서책이 망자비서입니다."

갑자기 문사가 당황하며 품을 더듬었다.

"내 서책? 내 서책?"

"한 권만 제외하고 바로 돌려줄 것이니 걱정 마시오."

실은 진문이 밤중에 일어나 문사가 안고 자던 서책을 몰래 빼둔 것이었다.

방의 분위기는 지하 도시를 막 탈출했을 때와는 달리 딱딱하고 삼엄했다.

잠행조 열 명 중에서 단 세 명이 돌아왔으니 당연한 일이었다.

은사모를 써서 얼굴을 숨기고 있는 제갈성도 무거운 분위기 조성에 한몫을 했다.

"내 서책… 안 된다, 이놈들아……."

문사는 서책들을 보며 중얼거렸지만 분위기가 워낙 살벌한 바람에 목소리를 줄였다.

제갈성이 서책을 집어 들고 펼쳤다.

"핏물이 배이면 글자가 나타나는 서책이라, 흑랑비서와 똑같군."

그가 잠시 서책을 살핀 뒤 책장을 닫으며 말했다.

"모두 수고했네. 이 서책은 제갈세가에 가져가서 진짜 망자비서가 맞는지 시험해 보겠네."

망자비서를 얻었지만 그의 목소리는 흐트러짐 없이 담담하기만 했다.

무명은 과연 제갈세가의 일공자답다고 생각했다.

제갈성이 정영을 보며 물었다.

"다른 잠행조는?"

"장청, 당호, 남궁유, 송연화는 다른 길로 탈출해서 저희로서는 행방을 알 수 없습니다. 이강도 그들과 함께 있습니다."

"그럼 나머지 두 명은?"

"마지일과 제갈윤은… 지하 도시에서 죽었습니다."

정영이 주저하는 목소리로 말했다.

전진교 도사 마지일은 망자비서를 빼앗은 뒤 잠행조를 배신하고 혼자 도망치려고 했다.

제갈윤은 그보다 더했다.

잠행 내내 제멋대로 행동하다가 결국 망자가 되어서 무명과 정영에게 패퇴하여 죽었다.

둘의 죽음보다 더 문제인 것은 그들이 사문의 명예를 더럽혔다는 점이었다.

때문에 정영은 사정을 밝히기를 꺼렸던 것이다.

게다가 제갈윤은 제갈성의 조카가 아닌가?

그런데 제갈성은 간단한 대답으로 질문을 끝냈다.

"잘 알았다."

그는 정영의 표정을 읽고 제갈윤이 가문에 먹칠을 한 채 죽었다는 사실을 짐작한 것이었다.

무명이 화제를 바꾸며 말했다.

"이강과 다른 잠행조는 아마 살아서 탈출했을 것이오. 하지만 문제가 있소."

"무엇이지?"

"그들이 향한 탈출로는 황궁 내원으로 이어지오."

무명은 길게 설명을 붙이지 않고 짧게 대답했다.

아니나 다를까, 제갈성은 바로 무명의 뜻을 이해하고 고개를 끄덕였다.

"설령 탈출했다고 해도 황궁 금위군의 포위망을 뚫지 못하고 붙잡혔겠군."

그는 잠시 무언가를 생각하는지 말을 멈췄다.

하지만 무명은 제갈성의 속마음을 알 수 없었다.

그가 쓰고 있는 모자챙에 가는 은사가 촘촘히 매달려서 얼굴을 가리고 있었기 때문이다.

무명은 무심코 어떤 생각이 들었다.

'제갈윤이 이자의 반의반만큼만 되었어도…….'

제갈윤 같은 자를 열 번 강호 출행시키는 것보다 제갈성이

한 번 일을 처리하는 것이 훨씬 나을 것이다.

그러나 그는 제갈세가의 일공자였다.

'소가주인 그가 함부로 공석을 만들 수 없으니, 강호 일이란 쉽지 않군.'

무공이 고강하고 사리 판단이 빠르면서 아직 장문인이나 가주가 아닌 젊은 후기지수.

그런 자야말로 이번 잠행 같은 일에 적격이었다.

문득 무명이 떠오르는 사람이 있었다.

'송연화?'

무명은 자기도 모르게 고개를 끄덕였다.

송연화는 명문정파의 후기지수를 모아놓은 창천칠조 중에서 단연 발군이었다.

곤륜파는 중원에서 멀리 떨어진 청해 땅에 있었다.

서장 옆에 붙은 청해는 중원과는 거리도 멀고 경로가 험난해서 편도로 가는 데만 수십 일이 걸렸다.

그런 곳에서 멀리 중원의 무림맹에 후기지수를 보냈다.

곤륜파가 그녀에게 거는 기대가 어느 정도인지 짐작할 수 있었다.

단지 송연화가 여인이라는 점이 행동에 걸림돌이 될 수 있었다.

하지만 무명은 금세 생각을 접었다.

그녀는 이미 귀비의 궁녀를 가장하여 황궁에 세작으로 들어가 있지 않은가?

'오히려 여인인 게 장점일지도 모르겠군.'

무명이 잠깐 딴생각을 하고 있을 때, 제갈성이 어떤 자를 보며 말했다.

"당신은 누구시오?"

그가 질문을 던진 상대는 다름 아닌 미친 문사였다.

멀뚱한 얼굴로 자리에 앉아 있던 문사가 자신을 검지로 가리키며 입을 열었다.

"나 말이오?"

"그렇소."

"나는 황은을 입고 학문을 닦는 문사일세. 그러는 자네는 누구인가?"

뜻밖에도 제갈성은 문사에게 예의를 차려서 대답하는 것이었다.

"나는 제갈세가의 일공자인 제갈성이오. 이 서책들은 당신 것이오?"

그가 자기 앞에 놓인 서책 네 권을 가리켰다.

갑자기 문사가 호통을 쳤다.

"당연하지! 내가 평생을 두고 학사들과 함께 연구한 서책일세! 그런데 저 시정잡배 놈들이 강탈해 가는 게 아닌가?"

"그럼 이 서책은 누구와 함께, 또 어떻게 쓴 것이오?"

제갈성이 슬쩍 맨 위에 놓인 서책, 즉 망자비서를 들어 보였다.

　문사가 머리에 쓴 윤건이 벗어질 만큼 상체를 젖히며 웃음을 터뜨렸다.

　"하하하하, 몰라서 묻는가? 여기 내 뒤에 학사들이 있구만. 이들과 함께 수십 년 동안 글을 쓰고 공부했지. 자네, 여기 서생에게 대답 좀 해주시게."

　물론 문사의 뒤에는 아무도 없었다.

　그때였다.

　은사모 밑으로 엿보이는 제갈성의 입가가 살짝 미소를 머금었다.

　얼어붙은 호수의 전각에서 오랜 세월 갇혀 있던 문사.

　그는 여전히 정신 나간 소리를 횡설수설하며 늘어놓았다.

　하지만 제갈성은 그를 겁주지 않고 예의 바르게 묻는 것이었다.

　"잘 알겠소. 혹시 제갈세가의 이름은 들어보았소?"

　"제갈세가?"

　문사가 어깨를 으쓱하며 말했다.

　"삼국시대 촉나라의 명재상인 제갈량 말인가?"

　"그렇소. 나는 바로 제갈무후의 후손이오."

　"호오, 어쩐지 젊은이가 제법 예의범절이 몸에 배어 있다 했지."

"말씀 감사하오. 한데 한 가지 부탁이 있소."

"부탁? 말해보게."

"평생 학문에 몸을 바친 선배가 이뤄낸 업적을 제갈세가에게도 나누어주시지 않겠소? 이 서책들을 가져가 제갈세가에서 공부한 다음 다시 돌려 드리겠소. 부탁드리오."

"알겠네. 예의 바른 젊은이이니, 믿고 맡기지."

"다시 한번 감사드리오."

제갈성이 살짝 고개를 숙였다.

동시에 은사모 밑으로 보이는 그의 입가는 미소를 머금고 있었다.

"그런데 공맹에 버금가는 이 서책들은 어떤 연유로 쓰게 되셨소?"

공맹은 공자와 맹자를 뜻하는 말이다. 즉 제갈성은 유학의 두 성인인 공자와 맹자에 비교하며 문사를 치켜세운 것이었다.

아니나 다를까, 문사의 얼굴이 함박웃음을 지었다.

"하하하, 대단할 것도 없네. 과거 흑랑성이란 데서 서장의 서책을 해석해 달라며 부른 적이 있었는데 그때 마침······."

그의 첫마디에 일행을 깜짝 놀라게 하는 말이 있었다.

흑랑성.

중원에 처음 망자가 창궐했던 곳으로, 무림맹이 많은 인원을 희생하여 멸문시킨 장소.

그 이야기를 모르는 강호인은 아무도 없었다.

망자비서 또한 흑랑비서에서 부족한 망자의 비밀이 수록되어 있어서 목숨을 걸고 잠행하여 찾아온 것이 아닌가?

그런데 문사가 흑랑성을 언급한 것이다.

그를 보는 일행의 눈빛이 대번에 달라졌다.

하지만 이어지는 문사의 얘기는 의미 없는 장광설로 이어져서 귀담아들을 것이 못 되었다.

문사가 횡설수설을 반복하자 제갈성이 슬쩍 말을 잘랐다.

"잘 알겠소. 선배의 큰 뜻을 부디 명심하며 서책을 공부하겠소."

"암, 그래야지! 하하하하!"

무명은 제갈성의 수법에 속으로 감탄했다.

'과연 제갈세가의 인물답군.'

그는 잠행조 세 명에게 한마디도 묻지 않고 미친 문사의 내력을 알아낸 것이었다.

그런데 제갈성의 수법은 거기에서 멈추지 않았다.

"귀한 서책을 빌리는데 선배에게 보답이 없어서야 예의가 아닌 법."

제갈성이 진문을 돌아보며 물었다.

"여기 대선배가 오랜 세월 학문을 닦느라 많이 지치셨네. 소림사의 참회동에 특실이 비어 있는가?"

"좀처럼 자리가 비지 않으나, 문사님을 위해서라면 빈승이 최대한 손을 써보겠습니다."

"고맙네. 참회동 특실에서 맑은 공기를 마시고 정갈한 음식을 드시면서 휴양하시면 학문에 피폐한 심신도 많이 좋아지시겠지."

"지당한 말씀입니다."

제갈성이 문사를 향해 고개를 끄덕여 보였다.

"좋네, 좋아! 까마득한 후배가 선배 대접할 줄 아는군!"

문사는 '특실'이란 말이 마음에 들었는지 얼굴에서 미소가 그치지 않았다.

무명은 다시 한번 감탄하지 않을 수 없었다.

제갈성은 문사가 미쳤다는 것을 한눈에 알아차리고 그를 회유했다.

특히 제갈세가에서 서책을 빌리는 대가로 문사를 휴양 보내 드리겠다는 말은 기가 막혔다.

참회동. 한번 들어가면 다시 나오지 못한다는 소림사의 비처.

그런데 제갈성은 몇 마디 말로 미친 문사를 꾀어서 제 발로 참회동에 가도록 설득한 것이었다.

제갈성의 말솜씨는 혀에 꿀을 바른 왕직의 아첨보다 몇 수 위였다.

게다가 재빠르게 맞장구를 친 진문은 또 어떠한가?

옆에서 정영이 입을 멍하니 벌린 채 제갈성과 진문을 번갈아 보고 있었다.

순수한 그녀로서는 둘이 문사를 구워삶는 것이 놀랍기만 했던 것이다.

제갈성과 진문이 눈빛을 반짝거리며 시선을 교환했다.

무명은 둘의 생각이 귓가에 들리는 것 같았다.

'참회동에 가두고 천천히 배후를 알아내야 할 자다.'

문사 일은 그것으로 일단락되었다.

무명, 정영, 진문은 제갈성의 재기 넘치는 일 처리에 안도하는 마음이 되었다.

그런데 제갈성의 한마디 말에 방의 분위기는 싸늘하게 얼어붙었다.

"잠행조 대부분이 소식 불명이니 큰일이군."

정영이 그 말에 답했다.

"한시라도 빨리 그들의 소식을 구하고 그들을 찾아야 됩니다. 만약의 경우……."

무명이 그녀를 막으며 말했다.

"부맹주님의 뜻은 그게 아니오."

"뭐라고? 그럼?"

"망자비서는 손에 넣었소. 하지만 대명각에 잠행조가 없는 지금, 망자비서를 지킬 인원이 부족하다는 말씀이오."

"……!"

정영은 물론 진문 역시 무명의 말에 깜짝 놀랐다.

"무명의 말이 맞다. 지금 우리는 큰 위험에 처했다."

제갈성이 고개를 끄덕였다.

무명이 그의 속마음을 미리 짐작했던 것이다.

"망자비서가 무림맹의 손에 들어왔다는 소식은 강호에 빠르게 퍼질 터. 어떤 세력들이 망자비서를 노리고 몰려들지 모른다."

담담하던 그의 목소리가 어느새 냉랭하게 변해 있었다.

그제야 정영과 진문은 사태가 심각하다는 것을 깨닫고 표정이 심각해졌다.

원래 대명각에 모인 무림맹은 강호의 어떤 문파나 조직과도 충분히 상대할 수 있는 여력이 있었다.

명문정파의 후기지수만 열 명 가까이 되는 데다 제갈세가의 일공자인 제갈성까지 있으니 당연한 일이었다.

그러나 지금 상황은 태풍 앞의 촛불이었다.

장청, 송연화, 남궁유 등 창천칠조의 정예가 모두 돌아오지 않았다.

독약과 암기를 써서 많은 인원을 상대할 수 있는 당호의 부재도 큰 문제였다.

마지일과 제갈윤을 잃은 것도 적지 않은 피해였다.

게다가 어디로 튈지 모르는 악인이지만 무공만큼은 최강인 이강마저 없는 것이다.

만약 정체불명의 세력이 대명각을 암습한다면?

싸울 수 있는 자는 제갈성, 정영, 진문 세 명이 고작이었다.

무명과 문사는 오히려 짐만 될 뿐이니까.

제갈성이 말했다.

"내 실수다. 잠행조가 전원 돌아온다는 게 불확실했다면 미리 소림사와 본문에서 인원을 모았어야 했다."

그때 무명이 질문을 던졌다.

"망자비서를 정말 얻으리라고는 생각지 않은 것 아니오?"

"……."

뜻밖에도 제갈성이 바로 대답하지 않고 침음했다.

무명의 물음이 정곡을 찔렀던 것이다.

곧 제갈성이 입을 열었다.

"그렇소. 이번 잠행에서 많은 정보를 얻으리라 생각했지만 망자비서를 가져올 가능성은 절반도 안 될 거라 여겼소."

명문세가의 일공자가 강호의 무명 서생에게 자신의 실수를 고백하는 것은 낯 뜨거운 일일 것이다.

하지만 제갈성은 흔쾌히 실수를 인정했다.

무명은 오히려 제갈성의 그런 점을 높이 샀다.

'역시 이자는 쉽게 볼 인물이 아니다.'

정영이 물었다.

"그럼 망자비서를 노리고 더는 세력 또한 줄어들지 않을까요?"

제갈성과 무명은 슬쩍 쓴웃음을 지었다.

그녀의 말이 무공만 강할 뿐 경험이 부족해서 지나치게 순수했기 때문이다.

무명이 대답했다.

"우리가 설령 망자비서를 얻지 못하고 잠행을 끝냈다고 한들 믿어줄 사람이 강호에 누가 있겠소?"

"아아……."

"진짜 비서가 없다고 해도 붙잡아놓고 죽을 때까지 심문을 할 것이오."

정영은 말실수를 깨닫고 침을 꿀꺽 삼켰다.

"제자가 생각이 모자랐습니다."

"네 잘못이 아니다."

제갈성이 손을 저으며 말했다.

"일단 정영과 진문은 당분간 대명각을 나서지 마라. 절대 외부에 모습을 보여서는 안 된다."

"존명!"

"무명도 마찬가지이긴 한데……."

"나는 변복을 하고 황궁에 가서 잠행조의 소식을 알아보겠소."

"탈출로가 황궁 내원으로 이어져 있다니, 그 일은 무명에게 맡기겠소."

정영이 무거운 얼굴로 말했다.

"들키지 않게 조심하시오."

"알았소."

무명은 고개를 끄덕였지만 속마음은 달랐다.

제갈성이 무명에게 시선을 보냈다.

무명은 그와 생각이 통하는 것을 느꼈다.

고작 변복 정도로 황궁에 잠입해 있는 세작들의 눈을 속일 수는 없었다.

즉 무명이 지금 황궁에 돌아가는 것은 죽음을 무릅쓰는 일이었다. 제갈성도 그 사실을 잘 알았다.

제갈성이 말했다.

"다다익선이 아쉬운 때군."

다다익선(多多益善)은 한고조가 신하이자 대원수인 한신에게 얼마나 많은 병사를 지휘할 수 있냐고 묻자, 한신이 '많으면 많을수록 좋다'라고 대답했다는 일화에서 나온 말이었다.

즉 제갈성은 무림맹의 인원 부족을 다다익선에 비유하며 아쉬워한 것이었다.

"개방은 내부 권력 싸움으로 예전의 세를 찾지 못하고 있다. 딱히 사람을 빌릴 만한 곳이 도성에는 없다."

"무당파와 화산파는 어떻습니까?"

정영이 끼어들며 물었다.

"두 문파는 관과 줄을 잇고 있으니 힘을 빌려주지 않을

까요?"

"둘 다 무림맹의 일에는 관여하지 않을 것이다."

제갈성이 냉랭한 목소리로 대답했다.

그러면서 살짝 한숨을 쉬었다.

무명은 그의 속내를 알 수 있었다.

'정영이 답답한 모양이군.'

무림맹에서 탈퇴한 것과 다름없는 무당파와 화산파에게 도움을 요청한다는 정영의 생각은 순진한 것이었다.

'오히려 그들이 망자비서를 빼앗으러 올 유력한 세력이겠군.'

무명은 제갈성의 분위기에서 무당과 화산을 염려하는 기색을 읽었다.

제갈성이 말했다.

"일단 소림사에 전서구를 보내서 맹주님께 도움을 요청하겠다. 나는 가문에 다녀오겠다."

소림사는 하남 땅에 있으며, 제갈세가는 산동 땅에 있었다.

둘 다 북경 옆에 붙어 있는 땅들이었다.

하지만 가깝다고 해도 다른 곳과 비교해서 그렇다는 말이었다.

드넓은 중원에서는 바로 옆의 도시를 왕복하는 데도 며칠이 걸리는 경우가 허다하니까.

"빠르면 삼 일 안에 인원이 모일 것이다. 그때까지 세작들의 눈을 피해야 하는 것을 명심해라."

"존명!"

정영이 포권지례를 하며 외쳤다. 진문은 반장을 했다.

제갈성이 네 권의 서책들을 보며 중얼거렸다.

"문제는 이 서책들을 어떻게 하느냐인데."

이번에는 무명이 포권지례를 하며 말했다.

"서책들을 제게 넘겨주시오."

"그러면?"

"황궁 서고의 책장에 서책들을 보관해 두겠소."

"황궁 서고에? 이유는?"

무명이 좌우를 둘러보자 제갈성이 고개를 끄덕였다. 이제 지나간 일이니 정영과 진문이 들어도 문제가 없다고 생각하고 발언을 허락한 것이었다.

"맹주님과 당신은 황궁 서고에 망자비서가 있을 것이라 말했소. 하지만 서고에는 지하 도시의 지도가 있었소."

무명이 그간의 일을 간단히 설명했다.

"서고에서 정체 모를 세력이 내 뒤를 캤소. 그들은 책장 하나를 가져갔지만 망자비서는 찾지 못했소. 망자비서는 애초에 서고에 없었으니까."

"그랬군."

"황궁 서고에 서책을 숨겨도 되는 이유가 두 가지 있소."

무명이 손가락을 접으며 말했다.

"첫째, 시체를 숨기려면 전쟁터에 숨겨라. 전쟁터에는 죽은 자가 많으니, 시체 하나에 눈길을 둘 자는 없게 마련이오."

"등잔 밑이 어둡다는 소리군."

"둘째, 정체 모를 세력이 이미 황궁 서고를 한바탕 뒤졌소. 그런데 망자비서가 나오지 않았으니, 설마 그곳에 망자비서를 숨겨두었으리라고는 절대 짐작하지 못할 것이오."

무명의 설명은 지금 방 안에 있는 자가 아니면 어느 누구도 상상 못 할 계책이었다.

이미 그의 심계를 잘 알고 있는 정영과 진문도 다시 한번 혀를 내둘렀다.

제갈성이 고개를 끄덕이며 말했다.

"좋소. 한 권은 내가 들고 가고, 망자비서를 포함한 두 권은 무명에게 맡기겠소."

그러더니 서책 중 한 권을 집어서 품에 넣었다.

정영이 고개를 갸웃하며 물었다.

"저어, 한 권은 왜 부맹주님이 가져가시는 겁니까?"

"대명각이라고 세작들의 눈이 없으리라는 법은 없다. 그들은 부맹주인 내가 가진 서책을 망자비서라 여기겠지."

"아아, 천자문 같은 거군요!"

"천자문?"

"아무것도 아닙니다."

정영의 말대로, 제갈성의 계책은 무명이 마지일에게 천자문을 주어서 속인 것과 같은 것이었다.

그때 말없이 있던 진문이 반론을 꺼냈다.

"너무 위험한 계책입니다. 중원의 자객들이 모두 부맹주님을 노릴 것입니다."

그 말에 제갈성의 은사모가 살짝 출렁거렸다.

"그러면 더욱 좋지."

은사모 속에서 강한 안광이 뿜어져 나왔다.

"자객들을 잡아서 배후 세력을 캐낼 좋은 기회니까."

7장.

황궁에 불어닥치는 풍파

제갈성은 가마 두 대를 불렀다.

가마는 둘 다 붉은색으로 칠해진 화려한 것이었다. 또한 금실이 수놓인 가리개는 두텁고 넓어서 안에 탄 사람이 누구인지 밖에서는 볼 수 없었다.

가마꾼들이 두 대의 가마를 들고 대명각을 나섰다.

대문을 나서자 가마들은 서로 반대 방향으로 달리기 시작했다. 한 대는 제갈세가가 있는 산동을 향해 남쪽으로, 한 대는 황궁이 있는 북쪽으로 향했던 것이다.

제갈세가로 향하는 가마에는 제갈성이 타고 있었다.

그는 세작들의 눈을 속이기 위해 한 권의 서책을 지니고 있었다. 만약 서책을 빼앗으려 하는 자객이 있으면 오히려 붙잡을 생각이었다.

젊은 나이에 명문정파 원로의 위치까지 오른 제갈세가의 일공자.

무공과 지략은 물론 돌발 상황에 대처할 수 있다는 자신감이 없으면 절대 펼칠 수 없는 계책이었다.

그런데 황궁으로 향하는 가마에는 아무도 타고 있지 않았다.

가마꾼들은 왜 빈 가마를 들고 거리를 왕복해야 하는지 몰라서 고개를 갸우뚱했다. 제갈성이 그들에게 웃돈을 건네며 입막음을 했다. 때문에 가마꾼들은 빈 가마를 들고 열심히 거리를 달리고 있었다.

빈 가마가 거리를 지나가고 있을 때, 인영 하나가 대명각의 뒷문을 슬쩍 빠져나왔다.

인영은 바로 무명이었다.

무명은 관복 위에 행상인 복장을 겹쳐 입은 채 변복을 하고 있었다. 그는 품에 망자비서를 포함한 세 권의 서책을 안고 황궁으로 향했다.

제갈성과 달리 무명은 자객들의 급습을 받으면 무사하지 못할 게 뻔했다. 때문에 그는 황궁에 드나드는 상인처럼 행세하며 입궁할 생각이었던 것이다.

황궁까지 걸어서 가는 데는 꽤 시간이 걸렸다.

무명이 황궁에 도착한 것은 해가 중천에 뜬 점심나절이었다.

그는 목패를 보이고 북문을 통과했다. 전신은 이미 땀으로 흠뻑 젖어 있었다. 옷 두 벌을 겹쳐 입고 먼 거리를 걸어왔으니 당연한 일이었다.

무명은 복잡한 황궁 거리를 지나서 처소로 돌아왔다.

그는 감회가 새로웠다.

'다시 돌아왔군.'

무명의 방 모습은 이전과 달라진 게 없었다.

빛이 잘 들어오는 벽에는 태자의 글씨가, 반대편 벽에는 학사의 책가도가 걸려 있었다. 호방하고 거침없는 태자의 글씨와 학사의 섬세한 책가도는 서로 정반대이면서도 기이하게 잘 어울렸다.

그 외에는 탁자, 의자, 침상, 옷장이 전부인 단출한 방.

영문도 모르는 채 환관 생활을 하고 있지만 자기 방에 돌아오자 한결 마음이 편했다.

무명은 땀에 젖은 옷을 벗고 갈아입으려고 했다.

그러다가 문득 떠오르는 생각이 있었다.

'지금 이럴 때가 아니지.'

그는 침상을 기어 들어가 밑을 조사했다.

무명의 방에는 지하 도시의 불가의 방과 연결되는 통로가 있었다. 다른 이들의 눈을 속이기 위해 그는 지금 방으로 옮긴 뒤 침상을 통로 뚜껑 위로 옮겨놓았다.

무명의 마음에 걸리는 것은 하나였다.

마지일은 피 묻은 천자문 서책을 망자비서라고 착각한 채 일행을 배신하고 도망쳤다. 무명 생각에 그는 필시 청일과 궁녀들을 끌어들였을 게 분명했다.

그러나 마지일이 청일의 공격을 피해 도망쳤다면?

'그가 도망칠 길은 단 하나다.'

바로 불가의 방이었다.

성정이 급하고 오만한 마지일이 불가의 방을 탈출하는 비밀을 발견했으리라고는 생각되지 않았다.

하지만 만약 마지일이 불가의 방에서 아래 구멍으로 뛰어내렸다면······.

'지하 도시를 탈출해서 이 방으로 나왔을 것이다.'

무명은 침상 밑에 있는 뚜껑을 유심히 살폈다.

잠시 후, 무명은 안도의 한숨을 내쉬었다.

'아무 문제없군.'

뚜껑은 무명이 방을 떠난 이후 한 번도 열린 흔적이 없었다. 마지일이 탈출했을지 몰라서 했던 걱정은 기우였던 것이다.

'당분간 마지일의 존재는 머릿속에서 지워도 되겠군.'

그의 생사는 둘 중 하나였다.

죽었든지, 망자가 되었든지.

그러나 완전히 마음을 놓을 수는 없었다. 망자가 된 청일처럼, 마지일 역시 무명의 눈앞에 다시 나타나지 말라는 법은 없으니까.

무명은 새 관복으로 갈아입었다.

마지일이 탈출하지 못한 것은 확인했지만, 더욱 중요한 일이 남아 있었다.

바로 이강 일행이 어찌 되었는지 여부를 알아야 했다.

'먼저 내원의 귀비 건물을 조사할 핑계를 만들어야 된다.'

그는 어떤 이유를 대고 내원에 들어가야 될지 고민했다. 그런데 전혀 상상도 하지 못한 일이 무명을 기다리고 있었다.

누군가가 호들갑을 떨며 처소에 들어왔다.

"장공공! 돌아오셨습니까?"

망자 소굴에서 죽는 줄 알았다가 돌아온 지금, 설령 원수라고 해도 반가울 판인데 이자의 목소리는 듣는 순간 짜증이 났다.

"대체 어디 가셨습니까? 장공공을 찾느라고 얼마나 고생했는지 아십니까?"

방에 들어온 왕직이 두 팔을 휘저으며 하소연을 했다.

무명은 차갑게 대꾸했다.

"내가 어디를 가든 말든 자네가 알 필요는 없지."

그런데 왕직의 다음 말이 무명을 깜짝 놀라게 했다.

"아직 모르고 계시는군요? 지금 수복화원에 난리가 났습니다!"

"뭐라고?"

무명은 수복화원 우물의 지하 도시 출입구가 발각된 게 아닐까 생각했다.

그는 왕직에게 화원 청소와 정자 수리를 맡겼다. 그리고 영왕의 명을 거짓으로 꾸며서 왕직이 우물 근처에 오지 못하도록 엄포를 놓았다.

'설마 이자가 명을 따르지 않은 것일까?'

그럴 리는 없었다. 왕직 같은 자는 윗사람의 명이라면 하늘이 무너져도 지킬 위인이니까.

수복화원 우물의 비밀은 오직 무명과 잠행조만이 알고 있었다.

그때 무명은 비밀을 아는 자가 한 명 더 있다는 것을 깨달았다.

'설마 소행자가?'

그러나 금세 생각을 접었다. 소행자가 비밀을 털어놓을 상대도, 이유도 없지 않은가.

그런데 왕직이 말을 잇는 순간, 무명은 전혀 엉뚱한 곳을 짚었다는 것을 깨달았다.

"수복화원에 황태후께서 행차하신다고요!"

"무엇이?"

무명이 깜짝 놀라며 물었다.

"황태후께서 수복화원에는 왜?"

"몰라서 물으십니까? 수복화원 수리와 청소를 명하신 건 장공공이시잖아요? 그 소문이 황궁에 쫙 퍼졌습니다. 그런데 황태후께서 소식을 들으시고 수복화원에 행차하겠다는 명을 내리셨답니다!"

"……."

무명은 정신이 멍해졌다. 망자 소굴에서 살아 돌아온 그도 황궁 일이 돌아가는 속도에는 정신을 차릴 수 없었던 것이다.

"황태후께서 수복화원 얘기를 듣고 크게 기뻐하셨다고 합니다! 그런데 정작 장공공의 행방을 알 수가 있어야지요! 제가 얼마나 찾아다녔는지 아십니까?"

무명은 상황을 대략 짐작할 수 있었다.

잠행조가 일꾼들 틈에 섞여서 몰래 황궁을 들어갈 수 있도록 무명이 꾸민 계책. 그런데 환관이 수복화원을 단장한다는 소식이 황태후의 귀에까지 들어간 것이었다.

황태후는 반가운 마음에 화원에 행차하겠다는 뜻을 밝혔다.

아첨으로 떡고물을 받아먹는 게 삶인 왕직은 쾌재를 불렀으리라.

문제는 그다음이었다.

이번 일의 장본인인 장공공이 감쪽같이 사라졌으니, 왕직으로서는 이틀간 그를 찾아서 온 황궁을 헤매고 다녔던 것이었다.

무명이 꾸민 계책이 엉뚱한 일을 끌고 온 셈이었다.

하지만 무명으로서는 좋은 소식이었다. 황태후는 나이가 많아 황궁 권력에서는 멀어진 지 오래였으나, 그녀의 총애를 받아서 나쁠 것은 없었다.

"어쨌든 좋은 소식이군."

무명이 왕직을 진정시키며 물었다.

"그래, 황태후가 행차하시는 날이 언제냐?"

그런데 왕직의 대답에 무명은 '헉!' 하고 신음을 흘리고 말았다.

"바로 오늘입니다!"

"뭐라고?"

"점심 수라를 드시고 미시(未時)에 수복화원에 오실 예정이라고요!"

"미시면 반 시진 뒤가 아니냐?"

"제 말이요! 지금 이럴 때가 아닙니다!"

"빨리 소행자를 불러라! 아, 아니다. 소행자는 내가 찾으마. 너는 수복화원에 가서 황태후를 맞을 채비를 하고 있어라."

"알겠습니다! 빨리 오십시오!"

왕직이 부리나케 처소를 나서서 수복화원을 향해 달려갔다.

무명은 황태후에 대해 아는 사실을 떠올렸다.

황태후는 팔십을 훌쩍 넘은 나이라 평소 정신이 맑지 않고 헛소리를 한다고 들었다. 고령의 황태후가 수복화원에 행차하는 것은 옛날 일이 그리워서일 뿐 황궁의 권력 암투와는 전혀 상관이 없으리라.

하지만 황태후는 엄연히 황제의 어머니였다.

만약 황태후를 모시는 일에 티끌만 한 실수가 있다면 환관인 무명은 중죄를 짓는 셈이었다. 정신이 맑지 못하다는 황태후가 어떤 트집을 잡을지 몰랐다. 무명은 황제를 배알할 때보다 더욱 마음을 놓을 수 없었다.

다행히 막 깨끗한 새 관복으로 갈아입은 터라 시간을 절약할 수 있었다.

무명은 소행자를 부르기 위해 환관 처소로 달렸다.

반 시진 뒤.

무명은 왕직, 소행자와 함께 수복화원 입구에 서서 황태후를 기다렸다.

이틀 만에 다시 수복화원을 찾은 무명은 깜짝 놀랐다.

소행자와 함께 처음 왔을 때 수복화원은 아무도 찾지 않는 곳이라 관리가 안 되어 수풀이 무성하고 을씨년스러웠다.

그런데 지금, 수복화원의 바닥은 흙먼지 없이 깨끗하고 수풀은 깔끔하게 정돈되어 있었다.

특히 중심에 있는 정자를 본 순간 무명은 입을 딱 벌렸다.

곧 허물어질 듯한 정자가 마치 새로 지은 듯이 말끔한 모습으로 탈바꿈해 있었던 것이다.

무명이 출입을 금지한 우물 역시 주위가 깨끗이 청소되어 있었다.

우물은 이끼가 끼고 잡초가 나서 누가 봐도 폐쇄된 우물임을 알 수 있었지만, 오히려 그 모습이 일부러 꾸미지 않은 듯 낭만적으로 보였다.

화원 입구도 처음 봤던 모습과 정반대였다.

다 쓰러져 가던 문은 수리를 끝내고 덩굴을 얽어서 낡은 곳을 가렸다.

단 두 명이 경비를 서고 있던 금위군도 여덟 명으로 인원이 늘어 있었다. 물론 예전처럼 기강이 흐트러지지 않고 엄정한 모습이었다.

마치 환골탈태한 듯한 수복화원.

무명은 속으로 혀를 내둘렀다.

아첨만 잘하는 줄 알았던 왕직의 일 처리가 제법 놀라웠기 때문이다.

'이번 일만큼은 은자를 두둑이 챙겨줘도 아깝지 않겠군.'

세가 약해져서 아무도 신경 쓰지 않는다는 황태후.

그러나 황태후는 적어도 죽기 전까지 황제의 어머니였다. 그녀가 오랜만에 행차하자 왕직 같은 환관은 온갖 힘을 기울여서 환심을 사려고 드는 것이었다.

또한 무명은 왕직이 얼마나 인부들을 독촉하고 몰아붙였을
지 짐작이 안 됐다.

고작 이틀 만에 화원 하나를 새로 만든 셈이니 오죽했을까.

곧 멀리서 황태후를 모시는 행렬이 나타났다.

관리가 목소리 높여 외쳤다.

"황태후 납시오!"

처억! 금위군 여덟 명이 일제히 방천극을 수직으로 세워서
예를 표했다.

무명, 왕직, 소행자를 비롯한 환관과 궁녀들은 바닥에 엎드
려서 고개를 조아렸다.

황태후가 탄 가마가 모습을 드러냈다. 고령이라 거동이 불
편한 황태후는 환관 네 명이 드는 가마에 타고 있었다.

"네가 장량이니?"

"소신 장량, 태후마마를 뵙사옵니다."

"그래, 그래. 고개를 들려무나."

황태후의 말투는 부드럽고 자상해서 당금 황궁의 안주인이
아니라 평범한 노부인처럼 들렸다.

무명이 고개를 들었다.

가마는 지붕이 없이 의자만 있는 형태여서 황태후의 모습
을 볼 수 있었다. 황태후는 목소리로 듣던 것처럼 황궁의 권
력 암투와는 거리가 먼 자상한 할머니 같았다.

"네가 화원을 단장할 생각을 다 하다니 기특하구나."

"당치도 않은 말씀이십니다."

"그럼 구경해 보자꾸나."

황태후가 명하자 환관들이 가마를 들고 수복화원으로 들어갔다. 환관, 궁녀, 금위군이 그 뒤를 따라 줄을 이었다.

황태후는 잘 정비된 화원을 보며 연신 감탄사를 내뱉었다.

"아름답구나, 아름다워."

황태후는 정자에 도착하자 가마에서 내리겠다고 고집을 피웠다. 환관이 황태후를 말렸으나 소용없었다.

그런데 정자에 오른 황태후가 무명을 부르며 말했다.

"장량아, 목이 마르구나."

"예, 태후마마."

무명은 궁녀가 건네준 찻상을 들고 정자에 올랐다. 그리고 잔에 차를 따른 뒤 고개를 조아리고 두 손을 들어 찻잔을 내밀었다.

"드시지요."

"차가운 물은 없느냐? 수복화원은 우물 물맛이 정말 맛있단다."

"마마, 화원의 우물은 마른 지 오래되었사옵니다."

황태후가 하필 수복화원의 물을 찾자 난감해진 무명은 침을 꿀꺽 삼키며 둘러댔다.

그때 황태후가 이상한 말을 했다.

"아문(阿炆)이 우물 속에 길만 안 만들었어도 좋았을 텐데."

무명은 깜짝 놀라서 고개를 번쩍 들었다.

황태후의 말이 맞다면, 아문이란 자의 정체는 하나밖에 생각할 수 없었다.

'망자들의 지하 도시를 설계한 자다!'

황태후가 미지근한 찻물 대신 차가운 우물물을 찾았다.

무명은 난감했다. 하필 수복화원의 우물은 지하 도시로 향하는 통로가 있어서 물을 길 수 없지 않은가.

그런데 무명이 그 얘기를 했을 때 황태후의 말이 이상했다.

"아문이 우물에 길만 안 만들었어도."

무명은 깜짝 놀라 자기도 모르게 고개를 들었다. 그러다가 황태후에 대한 불경이라는 것을 깨닫고 급히 고개를 숙였다.

"마마, 차 말고 시원한 물을 대령할까요?"

"아니다. 이 차도 맛있구나."

황태후는 빙그레 미소를 지으면서 찻잔을 들어 홀짝홀짝 마시기 시작했다.

그제야 무명은 안도의 한숨을 쉬었다.

하지만 마음속은 온갖 추측으로 가득 차 있었다.

수복화원의 우물에 길을 만든 자. 황태후의 말이 사실이라면 아문이라는 자가 황궁 밑의 지하 도시를 설계한 것이 분명했다.

무명은 뜻하지 않게 지하 도시의 비밀을 황태후의 입을 통해 듣게 된 것이었다.

그러나 정작 '아문'이 누구인지 알 수 없었다.

중원에서는 친분이 있는 아랫사람에게 이름의 마지막 자에다 '아(阿)'를 붙여서 부르고는 한다. 일종의 애칭이기 때문에 절대 윗사람에게 써서는 안 되는 말이었다.

즉 '아문(阿炆)'이란 이름이 '문(炆)'으로 끝나는 자를 부르는 애칭이었다.

황제의 어머니인 황태후에게 윗사람이 있을 리 없었다. 그녀에게는 황궁의 고관대작은 물론 중원의 만백성이 모두 아랫사람인 셈이었다.

하지만 아문이라는 호칭을 아무에게나 붙일 리는 없었다.

지하 도시의 설계자가 황태후와 지극히 가까운 사이라는 증거였다.

무명은 침을 꿀꺽 삼키며 생각했다.

'아문이라는 자의 정체를 알아내야 한다.'

문제는 상대가 황태후라는 점이었다. 일개 환관이 잘못 말을 걸었다가는 당장 불경죄를 묻고 목이 떨어진다고 해도 과언이 아니었다.

다행인 것은 황태후를 모시고 온 환관이 무명과 같은 부총관태감이라는 것이었다. 그는 무명과 친하지는 않으나 몇 번 얼굴을 본 적이 있었다.

날카롭고 간간한 수로공이 자리에 있다면 황태후에게 말을 걸 수 없으리라.

'수로공이 없는 지금이 기회다.'

무명이 조심해서 말했다.

"마마, 수복화원의 우물 물맛이 어떠하였사옵니까?"

"차고 맛이 달아서 다들 감로(甘露)라고 불렀지."

"마마께서 더는 감로를 마실 수 없다니, 이는 소신 모두의 불충이옵니다. 소신이 다시 우물을 파고 물을 길도록 하겠습니다."

"아니다. 그럼 아문이 싫어할 게야."

다시 아문이라는 호칭이 나왔다.

무명은 도박판에서 마지막 판돈을 걸고 주사위를 던지는 심정으로 물었다.

"아문이 누구이신지요? 그자에게 우물을 다시 고치도록 말하겠습니다."

그런데 황태후의 대답이 이상했다.

"네가 아문을 아니? 요즘 아문은 어떻게 지내니?"

오히려 황태후가 아문의 근황을 묻자 무명은 당황해서 가슴이 철렁했다.

"무슨 말씀이신지… 저는 그분을 알 광영을 아직 받지 못했나이다."

"그렇구나. 아문은 참 불쌍한 아이란다."

황태후가 정자 맞은편의 울창한 수풀을 멍하니 바라보며 말을 이었다.

"며칠 전 큰 불이 난 이후로 아문을 본 적이 없구나. 하늘도 무심하시지. 황궁에서는 큰일이 나면 사람들이 안 보이는 법이란다."

"……."

무명은 고개를 조아리며 생각했다.

'며칠 전의 큰 불?'

황태후의 말은 아마도 내원의 귀비 처소가 불탄 사건을 얘기하는 것 같았다.

내원이 불탄 것은 며칠 전이 아니라 훨씬 오래된 일이었다. 정신이 오락가락한다는 황태후는 그날을 불과 며칠 전으로 기억하고 있는 듯했다.

'그렇다면…….'

아문이란 자가 누구일지 범위가 좁혀졌다.

첫째, 내원의 화재로 벌을 받아서 당분간 근신하고 있는 자.

둘째, 평소 황태후의 총애를 받고 가까이에서 모시던 자.

그 두 가지를 만족하는 인물이 바로 지하 도시를 설계한 자, 아문이리라.

무명은 결론을 내렸다.

'두 가지에 해당하는 자는 환관일 가능성이 높겠군.'

그는 자기가 아는 환관을 머릿속에 꼽아봤다.

수로공, 왕직, 소행자… 따져보니 그 셋 말고 딱히 아는 자가 없었다.

무명은 앞으로 할 일을 생각했다.

'일단 환관들과 친분을 만든 뒤 그들이 황궁에서 어떤 위치에 있는지 조사하자.'

그때 문득 괴이한 생각이 들었다.

'혹시 황태후가 말하는 아문이 나일까?'

그는 지금 과거의 기억이 없었다. 왜 자신이 환관 신분을 가장한 채 황궁에 세작으로 있는지조차 알지 못하고 있지 않은가?

만약 황태후의 총애를 받던 아문이 무명 자신이라면······.

하지만 무명은 금세 생각을 접었다.

'아니다. 그럴 리는 없다.'

망자들의 소굴인 지하 도시는 황궁이 지어지기 전에 이미 설계된 것이 틀림없었다. 적어도 황궁과 함께 동시에 지어졌을 것이다.

'그 광활한 지하 도시와 기관진식 감옥들을 황궁이 지어진 뒤 땅굴을 파고 만들 수는 없는 일이다.'

때문에 아문이란 자가 지하 도시를 설계한 장본인이라면 나이가 적어도 오십은 넘어야 했다.

과거 기억은 없지만, 무명은 어딜 봐도 이십 대의 나이였다. 많게 보더라도 삼십 대 초반은 절대 안 넘어 보였다.

게다가 아무리 정신이 오락가락한다고 해도 황태후가 무명을 전혀 못 알아본다는 것은 말이 안 됐다. 만약 무명이 아문이라면, 수복화원에 행차했을 때 아문이 돌아왔다며 반겼어야 얘기가 됐다.

'쓸데없는 기우에 불과하다.'

무명은 자신이 아문일지도 모른다는 생각은 접었다.

어쨌든 아문의 정체가 지하 도시의 비밀과 큰 관련이 있다는 것은 사실이었다.

황태후는 워낙 고령이어서 정자를 한 번 돌아본 뒤 피곤한 기색이 역력했다.

황태후를 모시는 부총관태감 환관이 말했다.

"태후 마마, 시간이 오래되었사옵니다."

"그래? 그럼 그만 돌아갈까?"

황태후의 화원 산책은 그것으로 끝났다.

환관들이 가마에 오르는 황태후를 부축했다. 황태후가 가마에 앉자 행렬이 출발했다.

그런데 그녀가 돌아가기 전에 무명을 보며 말하는 것이었다.

"장량아, 그럼 또 보자꾸나."

"태후마마, 부디 살펴 가시옵소서."

무명은 깊이 고개를 조아릴 뿐 다른 말을 꺼내지 못했다. 황태후의 총애를 받는 것이 황궁 생활에 득이 될지 해가 될지 지금으로서는 알기 힘들었다.

무명과 왕직 등은 바닥에 엎드린 채 고개를 조아리며 황태후 행렬을 마중했다.

곧 행렬이 황궁 건물을 돌아 사라졌다.

무명은 몸을 일으켰다. 그리고 황태후에 대해 생각했다.

팔십이 넘은 황태후. 내일이 어찌 될지 모르는 게 사람 일이다. 황태후가 또 언제 수복화원을 산책할 수 있을지 알 수 없었다.

그런 생각이 들자 문득 지하 도시의 감옥방에서 처음 눈을 떴을 때가 기억났다.

무명은 무심코 기관진식 방의 실마리를 중얼거렸다.

"화무십일홍……."

붉은 꽃은 열흘을 가지 않는다.

한때 황태후는 황궁의 안주인으로 천하를 호령했을 것이다. 그러나 지금은 정신이 희미한 채 환관과 궁녀들 속에서 죽을 날만 기다리고 있는 것이다.

무명은 세상 만물은 덧없기 그지없다는 것을 다시 한번 실감했다.

그때 왕직이 다가와서 슬쩍 귀띔을 했다.

"아시다시피 태후마마는 정신이 오락가락하십니다. 장공공이 무슨 말씀을 들으셨는지 모르겠지만 그냥 흘려 넘기십시오."

"……."

무명은 고개를 끄덕일 뿐 대답하지 않았다.

다른 때였다면 왕직의 오지랖으로 치부하며 넘겨 버렸을 말.

그러나 지금은 왜 그런 말을 하는지 의심이 됐다.

'왕직 이자가 혹시 무언가를 알고 있나?'

황궁 사정에 밝으며 항상 이득을 찾아 발 빠르게 움직이는 왕직이라면 내원 화재에 얽힌 사건을 잘 알고 있을 것 같았다.

하지만 무명은 왕직에게 묻는 것을 피했다.

'내원 화재는 왕직 모르게 진행해야 한다. 소행자를 시켜서 조사하자.'

왕직은 수로공과도 줄을 잇고 있었다. 그런 왕직에게 내원 화재에 관한 일을 조사시키는 것은 위험했다.

물론 수복화원 단장에 왕직이 들인 수고는 칭찬해야 마땅했다. 무명은 왕직에게 두둑이 은자를 찔러주었다.

"수고했네. 오늘 일이 잘 지나간 것은 모두 자네 덕분이네."

"제가 뭐 한 일이 있겠습니까? 다 장공공께서 홍복이 있으신 거죠!"

기대보다 훨씬 많은 은자를 얻자 왕직은 입이 찢어져라 웃음을 멈추지 못했다.

그러나 무명은 왕직의 미소가 왠지 수상해 보였다.

'저 미소 짓는 가면 뒤에 숨어 있는 진짜 얼굴은 무엇일까?'

그는 이제 황궁의 모든 것이 의심스러워졌다.

오후는 바쁘게 지나갔다.

황태후의 수복화원 행차가 끝나자 무명이 가장 먼저 들른 곳은 황궁 서고였다.

학사는 변함없이 탁상에 앉아 서고를 지키고 있었다. 무명이 인사했다.

"그간 별고 없으셨습니까?"

"한직에 몸담은 나야 무슨 일이 있겠나?"

학사의 말투는 여전했다.

무명은 그가 시키기도 전에 서책을 들고 서고로 들어갔다.

명목상으로는 서책을 정리한다는 이유였지만, 실은 품속에 있는 망자비서를 포함한 세 권의 서책을 숨기기 위해서였다.

한 가지 이유를 더 대자면, 무명은 학사 몰래 서책을 숨기고 싶었다.

한직에서 평생을 보냈지만 황궁의 누구보다 올곧은 학사. 무명은 망자비서를 숨긴 일이 괜히 학사에게 피해가 갈까 봐 우려했던 것이다.

서고 일이 끝나자 무명은 환관 숙소로 바쁘게 걸음을 옮겼다.

소행자는 무명이 왔다는 말을 듣고 뛰어나왔다.

"장공공! 그간 어디에 계셨습니까?"

"잠시 할 일이 있었다."

소행자의 몸에서는 여전히 코를 찌르는 약 냄새가 풍겼다.

"요즘도 몸이 안 좋느냐?"

"아닙니다. 전에 주신 은자로 탕약을 달여 먹어서 많이 나았습니다."

무명이 소행자를 찾은 용건을 말했다.

"좋은 차와 술을 좀 구할 수 없겠느냐?"

"차와 술 말인가요?"

"그래. 황궁 밖으로 가지고 나갈 것이니 차는 우려먹을 수 있게 잎으로, 술은 병째로 준비해야 한다."

"알겠습니다."

잠시 후, 소행자는 찻잎이 가득 담긴 작은 단지 하나와 푸른빛이 감도는 술병 두 개를 들고 돌아왔다.

"장공공, 이것이면 되겠습니까?"

"충분하다. 수고했다."

무명은 소행자에게 심부름 삯을 건넨 뒤 환관 숙소를 떠났다.

다음으로 그가 향한 곳은 북문이었다. 북문은 통금 시간이 되어 금위군이 막 문을 닫으려는 찰나였다.

"잠깐 기다리시오!"

무명은 다급히 뛴 덕분에 간신히 북문을 통과하는 데 성공했다.

서책은 황궁 서고에 숨겼으니 더는 변복하거나 미행을 주의해야 할 필요가 없었다.

무명은 저잣거리에서 가마를 한 대 빌렸다. 그리고 편안하게 가마를 타고 대명각으로 향했다.

품 안에는 정영과 함께 마실 술 두 병과 진문에게 끓여줄 찻잎 단지가 있었다.

그는 어느 때보다 기대감에 부풀었다.

그런데 대명각에 도착한 무명의 앞에 뜻밖의 광경이 기다리고 있었다.

그를 맞이한 자는 정영이었다.

"이제 왔소?"

"아직 저녁은 안 드셨소? 내가 무엇을 준비해 왔는지 보시오."

무명은 보기 좋게 정영과 진문에게 한턱낼 생각이었다.

하지만 정영은 무슨 꿍꿍이가 있는지 '하하하!' 하고 웃더니 무명에게 손짓을 했다.

"이리 와보시오."

"왜 그러시오? 진문은 어디 갔소?"

"가보면 알게 될 것이오."

무명은 영문을 모르는 채 정영을 따라갔다.

정영이 향한 곳은 다름 아닌 대명각의 주방이었다. 그곳에는 이미 진문과 문사가 무명을 기다리고 있었다.

"잘 오셨소."

"이게 대체 다 무엇이오?"

무명이 두 눈을 크게 뜨며 물었다.

주방에는 각종 야채와 과일 등의 식재료가 산더미처럼 쌓여 있었다. 옆에 있는 화로에는 이미 솥 몇 대가 물과 기름을 펄펄 끓이는 중이었다.

가장 놀라운 것은 진문이었다.

진문은 장삼과 가사를 벗고 흰옷으로 갈아입은 채 한 손에는 식칼을, 한 손에는 국자를 들고 있는 게 아닌가?

"오늘 하루는 소림사 십팔나한이 아니라 소림사 주방장이 되려 하오."

진문이 무명과 정영을 위해 크게 한턱을 준비했던 것이다.

『실명무사』 6권에 계속…

초대형 24시 만화방

신간 100%, 샤워실, 흡연실, 수면실(침대석), 커플석, 세탁기 완비

▪ 광명 광명사거리역점 ▪

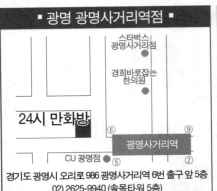

경기도 광명시 오리로 986 광명사거리역 6번 출구 앞 5층
02) 2625-9940 (솔목타워 5층)

▪ 강북 노원역점 ▪

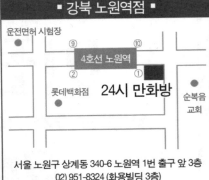

서울 노원구 상계동 340-6 노원역 1번 출구 앞 3층
02) 951-8324 (화용빌딩 3층)

▪ 일산 정발산역점 ▪

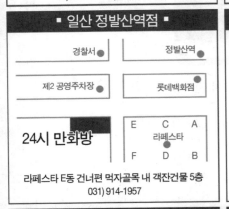

라페스타 E동 건너편 먹자골목 내 객잔건물 5층
031) 914-1957

▪ 일산 화정역점 ▪

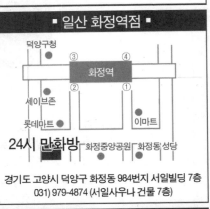

경기도 고양시 덕양구 화정동 984번지 서일빌딩 7층
031) 979-4874 (서일사우나 건물 7층)

▪ 부천 역곡역점 ▪

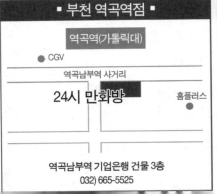

역곡남부역 기업은행 건물 3층
032) 665-5525

▪ 부평역점 ▪

(구)진선미 예식장 뒤 한신포차 건물 10층
032) 522-2871

기적의 환생

MIRACLE LIFE

박선우 장편소설

FUSION FANTASTIC STORY

"한 사람의 영웅은 국가를 발전시키기도,
타락시키기도 한다."

믿었던 가족들의 배신으로 모든 것을 잃은 최강철.
삶의 의미를 잃은 그는 결국 죽음을 선택하는데……

삶의 끝자락에서 만난 악마 루시퍼!
그와의 거래로 기억을 가진 채 고등학생 시절로 되돌아간다.

다시 얻은 삶.
나는 이전의 비참했던 삶을 뒤로하고 황제가 되어
세상을 질주할 것이다!